原來是醬紫

陸生眼中的臺灣大不同

鄒雨青 著

推薦序

二〇〇七年八月我在臺灣師範大學擔任學務處課外活動指導組組長時，應邀帶領二十八位本校社團負責人赴陝西師範大學與該校學生舉行聯誼活動，開啟與陝西師範大學的交流之門。往後這十年裡陝西師範大學及大陸其他大學學生來臺交流，不論是大學部的交換生，或是來臺攻讀研究所碩士或博士的研究生越來越多，也越來越頻繁，使得兩岸學生對彼此認識日漸熟悉。其間每年我與陝西師範大學學生都有往來的晤談和聚會，他們學習認真，同時我也看到他們對臺灣的人情、地理、文化都有高度的興趣，只要有空都熱心地參與各項活動，用心地想認識臺灣。讀雨青的臺灣遊記散文感覺到她的細心與對臺灣的情感洋溢在文章的篇章裡。她的感悟其實是深層的、底蘊的以及誠然的。從我（一個臺灣人）的角度看她寫的文章覺得似乎她在臺灣居住很久的感覺，一點也不陌生，可見其用心思的觀察令我佩服。

第五篇「關於食物」。夜市的美食小吃，連我這來臺北二十幾年的臺灣南部人都覺得不如雨青的認識。傳統夜市地點、出名小吃是什麼？以及附上的照片既精緻又漂亮，令我看來也垂涎三尺。更重要的是雨青對臺灣人生活中的風俗與習慣也從食物篇中細膩的描述，諸如便利商店服務人員的態度、買東西排隊與垃圾分類的概念等。臺灣除了夜市美食外，許多鄉間角落其實也隱藏著許多優質的特色飲食餐品也值得一嘗，下回再來時亦可光臨試試。

雨青說：「感謝時代，讓我遇上臺灣」。以往，二十世代的兩岸何其遙遠，而這二十一世代的兩岸已愈來愈近。相互認識是好的，認識才能促進彼此的瞭解，知道彼此的相同與相異之處，進而互相學習也互相包容。希望透過這本書對未能親自到訪臺灣的讀者能認識臺灣的在地文化、風俗民情與生活習慣多一點，也歡迎讀者能親自走一趟，來體驗雨青筆下的臺灣風情，嘗嘗夜市美食以及濃濃的人情味。

潘裕豐
國立臺灣師範大學特殊教育學系
副教授兼特殊教育中心主任

自序

二〇一四年八月末至二〇一五年一月初，我有幸赴臺灣師範大學交換。在短短的一百四十天時間裡，我收穫的不僅僅是一場「萍水相逢」。

就在前幾天，對民國時代非常感興趣的好友和我聊起令她好奇而嚮往的臺灣時，問我有沒有和臺灣文化歷史相關的書籍，想要借去看看。我身邊還真的沒有，於是用微信聯繫臺師大校警隊隊長，請他推薦一些相關書籍想要買來看。隊長隨後回覆我說：「我手邊有一本臺灣幾大高校聯合編纂的《臺灣文化事典》，你要的話，我快遞寄送給你。」我驚喜不已，連聲說好。一週之後，一部漂洋過海、二點五公斤重、印著臺灣島圖案的大事典就寄到我的面前了。

如今，離開臺灣已有一年半，我卻從未有任何失落之感。可能是覺得即便離開了，自己和那些在臺認識的朋友也都能經常在微信和臉書上聯繫，並未因為距離而產生陌生感和隔閡。臺灣人對他人的好，是細膩而綿長的。

前段時間的畢業季，朋友圈又被臺灣刷了一次屏。那些曾在臺師大交換過的、即將大學畢業的朋友們不約而同地選擇再次飛往臺灣，進行一次追憶過往的畢業旅行。在他們的相片裡，我看到了古樸莊重的師大正門、師大路上賣滷味的和氣老闆、人來人往又秩序井然的古亭捷運站……一切都好像沒有改變，就像初次遇見的那樣。

我不禁回憶起和臺灣剛結緣時的情況。那時我剛上大一，就聽人介紹說，我們學校每學期都有赴臺八所高校交換的機會。由於赴臺灣交換的項目最受歡迎，所以需要通過平時成績關、書面材料關、筆試關和面試關等，如此「過五關斬六將」，才能獲得交換名額。我就是在大一下學期準備申請的日子裡，在翻書、找文獻、查找網路資料的過程中對臺灣熟悉起來的。

飛機剛落在臺灣土地上的那天，我的心情是既欣喜而又緊張的。「雖信美而非吾土」，在為獨自一人來到這個美麗新環境的同時，也為是否會冷不防地遭遇一記"Culture Shock"而感到隱憂。當然啦，在臺生活的日子裡，確實有過幾次因為文化差異而產生的小矛盾，我在書中對此做了專門的敘述，比如臺灣國文老師在課堂上表達對簡體字的態度令我感到壓抑、臺灣人有意無意對大陸流露出的刻板印象令我覺得無奈。在臺生活中，我也對很多事物有了全新的、更為辯證和深入的認識和看法，比如以前以為出國留學的臺灣人占總比很大，到了臺大聽教授講座才瞭解如今的臺灣留學比例呈下降趨勢；以前以為臺灣民選執政者的制度廣受推崇，親歷九合一選舉才知原來民眾對此制度也在不斷提出批評和建議。另外，當我如今對在臺生活回想的時候，我對臺灣更多的是愛和依戀，上課時經常冒出一兩句閩南語的小乃教授、陪我們交換生玩遍旅遊景點的隊長和孟儒、常常與之一起討論並支持同性戀合法化的Juno、烈日炎炎的盛夏騎單車去淡水的旅行、街頭隨處可見的日本餐廳和便利商店、各大夜市的美食和街頭藝術表演、二〇一五跨年夜的一〇一大樓煙花盛宴……太多美好的獨家記憶充斥我的腦海，而零星的不愉快早已模糊、忘卻。

從臺灣回來以後的寒假，我突然有了將自己的經歷和體驗訴諸筆端的想法，渴望與更多的人分享、交流，也許還有可能寫成一本散文集出版發行。於是我就試著將要寫的臺灣風土人情分成幾個專題，每個專題寫幾則小故事、小隨筆，放幾張圖片在其中作為插圖。平時並不刻意去寫，有靈感時則增減修改，沒靈感時暫擱置一邊、在腦中醞釀，就這樣過了一兩個月，我不知不覺就寫成了五到六萬字的書稿。

在網上廣投出版社尋求出版的過程是無比艱辛的，一個月、三個月、六個月……就這樣過了近一年，一直都未有能夠出版的音訊，好幾次都是「功敗垂成」，讓人好不失落。然而令人驚喜的是，這本散文集有幸被秀威出版社的編輯部看中，他們謙遜、耐心、認真地反復與我溝通書名、排版方式等，說明我校對用語、修改更正。我在這裡誠摯地感謝秀威出版社，是您們讓本書得以順利出版，讓我藉此有緣和更多的臺灣朋友們交流。

「拍著照片，一路同步，坦白流露感情和態度，其實人生並非虛耗。」走過一路風景，記下一路心情，願你我此生時刻保有充滿探索和好奇的心，不懼怕孤身一人，不辜負韶華時光。

祝好。夏安。

鄒雨青

二〇一六年七月十一日於西安

目次

二、關於景物

三、關於文化

四、關於感悟

五、關於食物

一 關於師大

古亭街頭印象

剛來臺北的幾天住在師大旁的小旅館，傍晚時候總喜歡在大街上散步。臺師大主校區所在地址為繁華的大安區古亭捷運附近的和平東路。

天色漸暗，華燈初上，我沿著和平東路走往羅斯福路。抬頭看臺北的建築，風格質樸，罕有二三十層的華麗高樓，住宅樓老舊，灰沉沉的色調，但整齊不亂。臺灣民眾享有房屋權，非經住家允許不能隨意拆遷、改造房屋，因民眾不願重修故一直保留二三十年前的格局。後來志工許爸告訴我，臺灣地震多、颱風頻繁，這樣的自然環境迫使臺灣傾向安全的矮平房屋；而臺北地標二〇一〇年之前的世界最高建築臺北一〇一大樓因有特殊防震地基打造並每年檢修保障，故可遺世而獨立。

有人說臺北的房屋如此破舊，像大陸國內任何一個二三線城市，得出

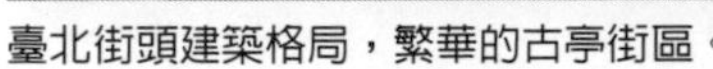

臺北街頭建築格局，繁華的古亭街區。

的結論便是「臺北也不過如此」。但多留神走幾步，你會看見街頭處處是西式咖啡館，走下一條街就出現一家精緻的書店。在和平東路上，一連幾家都是賣國畫書法的老店，店主多為穿著質樸整齊頭髮半花的老人。「倉廩實而知禮節，衣食足而知榮辱」，如此一個給予足夠精神空間的城市，定不是個落俗套的城市。藝術家說：「懂得欣賞藝術的民族必定偉大。」有幸臺灣將中國傳統文化保存地如此完好無缺。臺北老房子的老舊和灰色調，也能不經意間成為整個城市的個性。在往後在臺北生活的日子裡，我也愈發喜愛它的這個個性了。

和大陸一樣，大路和小巷交叉的路口常有小攤賣小吃。小車搭就的攤位貼著大大的招牌：

雞蛋餅、大腸麵線、生煎包等。顧客點完坐在露天就餐，老闆點上兩盞燈端在顧客桌上，微黃的光線伴著四溢的晚餐香氣，下班的人放下了工作一天的疲憊，和三五同事朋友酌酒聊天，實是件賞心樂事。我在一家賣「蚵仔煎」的招牌前停下看菜單，老闆邊炒菜邊問：「妹妹要什麼？」我說：「就蚵仔煎吧。」老闆愣了兩秒鐘，而後笑說：「是蚵（ǒ）仔（ā）煎啦！臺語這樣念哪！」

臺北交通不擁擠，因此很少設人行天橋。人行道路同時讓自行車通行，但自行車須優先讓人。路旁常貼有標語提醒：自行車不按鈴，多說「借過」、「多謝」。在沒有紅綠燈的路口，車輛需讓自行車和行人。是政策如此規定，不遵守則會被罰重金。我才來時，和轎車相遇自動停下腳步，而轎車和我一同停下要讓我先走，彆扭了幾個星期後

臺北的斑馬線與人行道。

慢慢習慣，享受起作為步行者的被各式交通工具禮讓的特權來。

提起交通工具，有一種實為臺北城市特色——機車，即摩托車。臺北是世界人均擁有機車最多的城市，男女老少均騎機車。晚上的大街十字路口，四面機動車道上排著長龍的機車「蓄勢待發」，綠燈亮起，兩面機車相對呼嘯而過，流光掠影，彷彿整個城市瞬間因之奔騰澎湃。

臺北城市特色——機車。

師大二三略

臺灣師範大學（National Taiwan Normal University），簡稱師大或NTNU，是我本次的交換學校。

它建校於一九四六年（民國三十五年），當時臺灣的師範院校只限於初等師資的培養，為了更新文教工作、敷教明倫，臺灣師範學院得以創辦。國民黨遷臺後民國四十四年，在「師資第一，師範為先」的風氣引導和教育行政領導張其昀建議下，師範學院正式改制為大學，分設教育、文、理三個學院。民國五十六年，以培養臺灣中等學校師資為宗旨，分設教育、文、理、藝四個學院。此後，師大的發展臻於成熟，培養了一批批教育工作者和教育家。至民國八十三年時師大取得質的突破，順應潮流轉型為綜合性、多樣化大學，目前擁有十學院五十九系所，並日漸完善博、碩、學士班體制。

師大現任校長是張國恩先生，從二〇一〇年任職至今，臺大電機系畢業。同大陸許多高校一樣，校長忙於處理校際交流事宜，並且臺灣的大學有關學生的事情會全權交由學生會、行政人員處理，張校長在學生心裡也缺乏「存在感」。剛來時問同班同學校長是什麼背景，同學竟說：「我連他姓什麼都不知道耶。」頗有「兵不識將，將不識兵」之感。

民國大師、清華原任校長梅貽琦有言：「所謂大學者，非謂有大樓之謂也，有大師之謂也。」師大大師眾多，走出許多傑出校友。文壇大師梁實秋、哲學大師牟宗三、國畫大師黃君璧等都曾在師大任教。作家劉墉、席慕蓉都是師大校友，還有上過《百家講壇》講易經和胡雪岩的教育系教授曾仕強。校本部大樓前貼著一句「師大，大師」的標語，它的寓意是：希望今天的師大人，都能成為明日的大師。我想這正適合它大師輩出、才遍天下的局面。

天涯比鄰，世界二百三十所大學是師大的姐妹校，而和大陸四十所學校建交，則在近七八年間。師大校警隊隊長跟我講，師大的生科系吳忠信教授和特殊教育系潘裕豐教授是最先提倡兩岸大學交換交流的人——兩岸語言相通、文化接近，學術交流是得益雙方的事。而我的學校陝西師大，因為是最初和臺灣師大建交的學校，故而其他學校都派兩三個交換生來，陝師大一直都派五名學生。二〇〇七年，兩岸交流還不頻繁，大陸人對臺灣陌生、不瞭解，陝師大只來兩個學生，來臺後由於各方面的不習慣和孤獨感深重於是提早買機票飛回大陸。到如今，赴臺交換生每年有二三千人，大陸學生沒有了「形隻影單」的恐懼，違和感日益減輕，縱使遭遇「Cultural Shock」也可婉轉應對。

志工許爸帶陸生騎行單車，攝於臺灣大學正門口。

師大有四個校區：校本部、圖書館校區、公館校區、林口校區。校本部主要開設通識課程和文科類專業課；在圖書館校區上課的是教育學院的學生和修華語文教學專業的外國學生；公館校區相當於理工科校區；林口校區則是國際僑生剛入學先修語言所在的校區。我多數的專業課在圖書館校區上，國文、英文在馬路斜對面的校本部上，兩個校區都在古亭捷運站附近的和平東路上；公館和林口校區距離較遠，坐校車分別需要半小時和一小時故而極少去。

臺灣師範大學主校區景色。

校本部校門呈四柱三開間式，柱以紅磚砌成，設鑄鐵欄杆。大門後的水立方廣場，正中央設大理石圓形噴泉，後方是民國風格的行政大樓，樓兩旁栽種直挺的椰子樹。在民國一百年以前，這片廣場中央原設蔣公銅像，周圍設植栽景觀。晚上，樓身的淡黃燈光亮起，印著樓前矮方形復古燈發出的微光，將大樓的倒影映在噴泉池子中，格外淡雅。樓兩側分別是用作舉辦講座的禮堂和學生活動廣場，廣場有五家便當店、水果店、泰式餐館、便利店、郵局，出了廣場外的馬路對面是學生公寓樓。

行政大樓、國際事務處和文學院大樓平行坐落，中間分別是維也納森林和日光大道。師大有「校園十景」，校本部和圖書館校區占六景，維也納森林和日光大道均在此列。維也納森林種植著連綿的椰子樹，更有蒲葵和阿勃勒相襯，在夜晚的微風吹拂中，頂端的葉子颯颯作響，猶如維也納多瑙河畔奏響的美妙樂章。森林旁的文薈廳是學生活動廳，常見美術系的學生手拿畫板，面對透明窗外的美景認真描摹。森林邊沿有一古老的鐘，隊長說，二

臺灣師範大學校本部正門水立方廣場。

十年前，師大的上下課鈴就從這裡傳來；當敲打鐘時，回聲可以傳得好遠。日光大道連接通往師大路的側門和操場，放學後我總是經過它去操場散步，晚上綠色的光映照著樹林大道，一個人走感覺幽靜舒心。

操場上總是很多人。臺灣人，無論青年還是老人，都非常熱衷運動。老年人多散步、快走，也常見穿著緊身運動衣的大爺成群跑圈；年輕同學認真地打排球、打籃球、做體操，他們將體育課看得和專業課、通識課一樣重要。韻茹說，她寧可拒絕朋友的晚餐邀約，也不能缺席社團每晚的練習排球。「缺我一個不行。而且練習

維也納森林、文薈廳。

要每天堅持。」臺灣同學很享受團體打球、共進共退的群體感，而且他們更願意將感情注入自己想幹的事。當我問「體育只有一個學分為何比學專業課還拼命」時，他們會說，他們更愛打球，因為喜歡所以想做好，「看事情不要太功利啦」。

校本部的文學院大樓又名「誠正勤樸大樓」，是所有學生上通識課、選修課的地方。誠正勤朴為師大校訓，由第三任校長劉真所訂，民國四十一年通過，寓意為——誠：不虛偽、不欺罔；正：不偏私、不枉曲；勤：不怠惰、不因循；樸：不奢靡、不浮華。大樓成「田」字被分為四塊區域，分別為誠大樓、正大樓、勤大樓、樸大樓，一樓的誠正大樓中間空地稱作「誠正中庭」，設露天木椅，是熱鬧的社團活動勝地和講座公告處。社團活動都是在週一至週五舉辦，因為週末同學基本要回家，只有少數家住臺南、高雄的學生留校，賣便當的店和食堂都不開門了，整個校園便變得空蕩蕩的。他們樂呵呵地說，這是因為他們「不太認真、不愛念書」、「在家裡很舒服，要陪陪爸媽」。

圖書館校區門很小，初入眼簾的是一尊高聳的孔子拱手像，正面是劉真校長書寫的「誠正勤樸」校訓，左側書寫「有愛無恨」，與右側「有教無類」之孔子教學理念相呼應。孔子是我國首位教育家，他的塑像與斜後方的教育大樓交相輝映。而這尊孔子雕像，也是校園裡最具爭議的事物。小乃老師也在課上不無抱怨地說：「你看圖書館校區門口就是一座孔子塑像——孔子講長幼有序，我們的師生關係和校園風氣就不活潑啦！」好友Juno說：「都說師大是臺灣風氣最保守的一所大學，就是這孔子雕像惹的禍！」她說，同性戀遊行時，臺大、科大校園裡無不貼滿宣傳的海報，臺北以外很多大學也紛紛組織抱團來參加遊行；唯獨師大一點宣傳的動靜都沒有，「真是保守極了」。

走過羅馬廣場看到九層樓高的教育大樓，紅漆磚牆，霸氣威武又不失古色古香的風韻。臺灣非常重視教育學科，每當向人說我在師大念教育系，都讚揚說我的專業好，要我學好、做好。看著紅磚方正的教育學院大樓，我深切感到教育這個常為人忽視的專業是有用的，而教育學人，是對後代的教育、成長有責任的。

圖書館呈半圓形，八層樓，屬於現代化風格建築。館內可用的只有六層的資源，二樓和六樓從我交換來到我交換結束一直關閉維修，斷斷續續修了一陣還未修好。雖說如此倒也領略到了師大豐富的館藏。四樓全部是教育類書籍，走在走廊，左手邊是中文類，右手邊是英文類；此外日文類書籍量僅次於中文和英文類。

臺灣師範大學圖書館四樓。

師大的藝術氛圍也是對臺北整個城市一個投射。圖書館一樓展示著優秀的作品畫展，一月一更新，從不間斷。從本校美術系學生的作品，到臺灣老藝術家的新年書畫展，精彩紛呈，著實令我一飽眼福。展覽旁邊放置一塊留言台，觀者可以自由在本子上書寫對展覽作品的看法評價；在文字間，我看到溫暖的讚美和由衷的欣賞，也看到了委婉的建議和真誠的批評。這樣的畫展，很自由，很活躍，既激發學生的創作熱情，也溝通著同學師生間的情誼。

為了慶祝師大美術系七十周年誕辰，美術系於學期末舉行了大型展覽，設地點於系活動大廳及地下兩層的空間。在這裡，我享受了各種不同風格和特色的美術盛宴。現代派、印象派、意識流、寫實派，各有其姿態

上：臺師大在校學生油畫作品。
中：臺師大在校學生現代幾何繪畫。
下：臺師大在校學生油畫作品，睡眼惺忪的貓。

和吸引之處。「藝術強調持久性勝過獨特性。」師大的藝術展中沒有嘩眾取寵的噱頭樣的浮誇繪畫，而大多以一種平和而真實的筆觸描繪心中的美，使之得以長久光彩照人。

師大後身有梁實秋故居。如前面所說，梁先生曾任師大的英文系主任兼授課老師。平常從未留意的我，一天傍晚被隊長帶去參觀。這個散文集《雅舍小品》在臺灣的創作地，位於巷子拐角處，毫不張揚。據說故居曾經因缺乏修繕而倒塌，重建後遂有今天的紀念故居，內設個人作品、生活用品供人參觀。隊長指著院中一棵茂盛的樹對我說：「這是梁實秋夫人程季淑栽的槐樹，已經有幾年了。夫婦感情很好，當年梁實秋坐在院中讀書，夫

梁實秋故居。

人為他倒水斟茶。夫人去世後，梁實秋只得獨自坐在院子，寫下了《槐園夢憶》一書悼念亡妻。」七十年代的幼苗，經過半個世紀的風霜和成長，如今已成遮天大樹，樹蔭延伸到了庭外。想到歸有光對他的妻子，似乎也有同樣的感情寄託：「庭中枇杷樹，吾妻死之年所手植也，今已亭亭如蓋矣。」

我們的隊長

隊長名叫李昇長，是臺師大校警隊隊長。在臺灣交換的日子裡，他志願地、無償地幫助我們找住房、玩景點、一起打球、推薦好課好老師，在週末常常約我們聚餐一頓。從來時到離開，隊長始終在我們左右，如同親人般關切入微，讓我獨在異鄉偶發孤獨時能有一人安慰寬心。

隊長說，陝師大是第一批和臺師大建立交換互訪關係的姐妹校。自從陝師大第一屆交換生來時，他就已經在和他們聯繫、交流了。經過六屆的交換生，到我們這第七屆，他已習慣對陝師大的同學多加關照。

在還未來臺灣時便已和隊長有聯繫。由於上幾屆陝師大交換生都和隊長交流頻繁，於是我在微信上加隊長為好友。得知我是陝師大交換生，他熱情地表示歡迎，並推薦好幾個臺北景點讓我剛來時去看看。在他的相冊裡，我翻到很多他去香港、廣東、上海等地遊玩的照片，還有廣東早茶、香港甜品等等食物，那時就能看出他也是個愛旅遊、愛美食之人。

當我們剛來臺灣時，隊長還在西安旅遊；過了三天，他回臺北了。在臺師大校門口處碰面，老遠就看見一個穿著校警制服、頭髮烏黑梳得光亮整齊的人來了，見其上衣左側繡著「隊長」二字。隊長說他快六十歲，但我們都說不信，「頂多四十多歲嘛」。

中午隊長請我們在學校內的西餐廳吃飯，期間講了很多東西，從臺灣自民國三十八年國民黨遷臺後的歷史、金門馬祖等離島地區的古跡，到臺灣的美食文化無所不談。其實這只是個開端，後來我們都發現隊長真的很能講，而且講的範圍很廣，真到了上到天文、下至地理的境界，每次與他閒聊總有知識上的收穫。關於說到揚州的特產包子，隊長興致勃勃講起他在上海吃小籠包的經歷。「那裡的食物也太精緻了吧。我們七八個人點了一籠五十塊人民幣的包子，結果端上來一籠只有三個！而且那裡的湯包居然是插吸管喝的哎！」

隊長時常給我們「雪中送炭」。比如在剛找到住家時，房間裡空空如也，隊長趕忙從校警室的地下儲物室拿出幾大摞上屆交換生留下的棉被、枕頭、臉盆、吹風機等等必備物資分給我們，大家都免去一大筆的生活開銷。入冬時降溫，夜裡覺得被子薄，看到超市打折促銷的被子都要至少一百人民幣，這時想到問隊長要，結果他說：「儘管拿走！要五毛，給一塊！」我問這話是什麼意思，他說：「這是臺灣的民謠裡的一句。原句是：『三輪車跑的快，上面坐著老太太，要五毛給一塊，你說奇怪不奇怪。』哈哈！」當我去隊長室拿的時候，隊長人不在，看見地上打包放著的被子上還堆著毛毯、被褥一系列其他的過冬用品，真是被他這「要五毛，給一塊」感

初識臺師大校警隊隊長的第一天，聽隊長講臺灣歷史。

動。另一些時候，他見我們最近忙著學習不太露面，就約我們幾個一起出來聚個餐聊聊天；或者買些水果比如臺灣特有的釋迦、師大路餐廳的打折抵用券，讓我們抽空去隊長室拿，順便聊上幾句。

隊長的隊長室，一直都是堆放了大大小小的紙張、文件、包裹等等。在他的辦公桌上堆放著幾疊都能遮住人身的文件，除此還放著大魚缸、仙人球、喝剩了咖啡的空紙杯……

臺師大校警隊隊長室日常。

和隊長的聊天，真是讓大家感慨良多。每次聚餐時聊天，隊長總是說話的時刻多於吃東西的時刻，他會不停跟我們說這個滷肉飯好吃、那個花枝丸是用什麼原料做的、家鄉臺南有哪些特產美食名勝古跡……彷彿和隊長一起吃飯就像在聽一堂課外百科知識講座。一般晚飯都會吃得很慢，吃到八九點結束時大家一起走回學校，在大門口散夥時，隊長往往說完再見轉身後又突然想到什麼，轉頭叫住我們又開啟某個話題，可能又過好長一會再結束。同是交換生的居仁說：「每次在校門口要散夥的時候聽隊長講話，大家都是腿往後退、一副要逃走的姿勢。」

另有一次我和隊長兩人在學校旁餐館吃晚飯，剛坐下位置他接到個電話，然後就見隊長不疾不徐地，如遇老朋友一樣地講起來了，經過十分鐘、二十分鐘……才放下手機。那時點的菜上來都涼了一截。我問隊長是什麼人打來的，他說：「是傳銷廣告的，要我買房子……真是的，我又不需要，一直拖著我講個不停……」

吃飯期間，隊長講著他以前的生活經歷，從在臺南的童年生活，到去金門當兵，到後來來臺師大做校警、十幾年來敲鐘作下課鈴聲音傳遍四方的情景。說到當兵，他翻手機相冊翻到他那時穿著軍裝的照片，照片裡的少年不苟言笑、鼻樑高挺，神色和現在的隊長很像。他說：「那時候還很

左：臺師大校警隊隊長參加乒乓球比賽。
右：臺師大校警隊隊長於軍校畢業時所照照片。

胖，我還是你這個年紀呢。」那天的晚飯從五點坐下位置到九點餐館打烊我們起身，周圍來來去去過了好幾桌客人。隊長說：「你看我們在他們之前來的，他們走了我們還在吃哎！」

除了繁忙的隊長室工作，他的業餘活動也非常多。我曾自詡「乒乓球打得不錯」，而有次和隊長過了招以後，才發現自己的水準原來很low。隊長每年都會參加臺北各大高校聯合舉辦的乒乓球團體大賽，這學期，他又一次代表師大參加，被抓拍的打球瞬間讓人覺得神采飛揚。

隊長總是很關心留意我們的想法。

我喜歡記日記，喜歡拍照，隊長就說，以後一定要把這些日記整理起來寫成回憶錄，再配些照片進去作插圖。他說：「在臺灣的經歷是一輩子的回憶，以後不一定能再回來，以前也可能從來沒有想過會來的。」

十一月末，我在臺灣境外生寫作比賽中寫的一篇關於九份山城的文章得了優秀獎，張貼在國際交誼走廊處，告訴隊長後，他竟跑去站在文章前認真地讀完。還有平日，我將拍的風景照發在網路，他會第一時間點讚、評論說：「雨青的攝影技術真不是蓋的！」在我交換回來後，隊長也對我說，你喜歡的、擅長的這些東西，不要捨棄掉，要保留住它們。

獨在異鄉為異客，每逢佳節倍思親。在臺北過的大大小小的中秋、聖誕、新年這些節日裡，看著同學都回家以及空蕩蕩的校園，內心難免會覺得孤零零的。但這些節日，隊長會抽出一天或一頓飯的時間來跟我們團聚一下；或我會去隊長室找他聊聊天。有時聽他這標準的臺灣腔，會想起高中時和同學下課時模仿臺灣偶像劇裡的搞笑臺灣腔片段——那時的我，怎麼想到日後會來臺灣度過這一四〇天的日子呢？

隊長說：「既然我們遇見、熟悉，這就是緣分了。你是揚州人，我是臺南人，中間隔了千里遠，怎麼剛剛好在臺北碰到呢。所以我們要珍惜。因為緣分是命中註定的，所以我很關照你們、關心你們，本來就是應該的啊。」

在臨走前的一天晚上，我們和隊長吃了最後一頓飯。他送給我們的禮物，是一盒鳳梨酥。想到以前總聽他講臺灣的鳳梨酥哪家做得最好、鳳梨酥餡料分為是鳳梨還是冬瓜這兩類、鳳梨為什麼不叫大陸的菠蘿及它們有什麼區別……雖然我們今後還是可以在網路聯繫；但這樣坐在一桌聽隊長談天說地的經歷以後或許真的不大會有了。就連在我此刻寫下這些字時，腦海中還浮現著隊長邊端著碗遲遲不吃飯、只顧講話的模樣呢。

當我說我寫的書裡寫了他時，隊長驚訝地說：「還寫我呀？我沒什麼好寫的呀。」其實，作為陪伴我在臺灣時光中最多的人，隊長應該最值得記下的一筆。時光如梭，再見時又是在何地何時？我只知道，隊長正在迎接一批批新的交換生，他們一同經歷、一同走過；過往的交換生們的心裡一直常駐這樣親切可愛的隊長，這樣就已足夠。

謹寫下這篇文章，獻給我們共同的、親愛的隊長。

記孟儒

在我們五個陝師大交換生的交換生活中，除了隊長，對我們最為照顧的人就屬吳孟儒同學了。

他的父親是臺師大生科系的吳忠信教授。因為吳教授是最先提倡兩岸學術交流互訪的人，在師大的交換生專案中有帶頭宣導作用，而陝師大是最先與之結盟的學校；又加上孟儒喜好廣泛交友，於是認得我們每一屆陝師大的交換生。

在臺灣最初的幾天，孟儒帶我們遊遍臺北各處著名景點，給我們的住家搬來些日用品，陪我們參加了臺師大的社團招新的百團大戰，早晨六點多趕來給我們捉

臺師大吳孟儒同學。

爬進臥室的大蟲子，中秋節的時候還送來兩塊月餅；在後來各自上課的時候，我們也會偶爾一起和隊長聚頓餐聯絡聯絡感情。臨行前也是孟儒給我們拎箱子親自送機……孟儒擅長帶交換生各地遊玩，他是個準大一新生，專業將要學的是旅遊觀光，希望以後做個導遊帶外地遊客遊遍臺灣。看他那很有導遊樣的手勢揮舞著左右方向的樣子，肖妍學姐說：「我們就叫做『吳孟儒旅行團』好了！」

剛見他時，他剛和隊長從西安旅遊回來，是去陝師大暑期學習項目的臺灣中學生隊伍領隊。孟儒身高約莫一百八十公分，帶鉛絲無框眼鏡，背著印「師大附中」字樣的亞麻軍綠色挎包，很有學者氣質。一見面就有很多話題談，孟儒真的和隊長一樣很能講，不論熟人或剛認識的人。大家一起在住家圍在電視機看

和孟儒吃永和豆漿。

電視，正好在播柯震東吸毒獲釋發布會，幾乎所有新聞台都在播放。他說「前段時間看《小時代》，裡面剛有柯震東進監獄的劇情後來就真的被抓進去了，好巧合！」，我說你們臺灣人也看大陸電視劇嗎，他說對啊，還有《步步驚心》、《蘭陵王》，這些都很火的。

孟儒是典型的古道熱腸之人。他不覺得頂著烈日帶我們各地跑會怎樣怎樣辛苦，相反卻很享受。他就像個導遊一樣，在家查好要走的路線地圖和要搭的捷運或公車路線，這樣一來「可以節省很多時間」。帶我們旅遊一天之後，他還要在晚上六點多送弟弟上補習班，九點準時去接弟弟下課。孟儒在暑假總是做各種志願者志工服務等等，那次無意路過臺師大旁的學生宿舍竟瞥見孟儒在幫助校警維持交通並為新生指引路線。他覺得這樣「很好玩」。相比許多一到假期就宅在家打電腦遊戲看電視的男生，孟儒會顯得陽光許多。

臨近新學期開學，我們玩遍了很多夜市、去了師大附中、去了電影院還有超市紀念品店，大家都很不捨，因為孟儒即將去新竹上大學了。他在臨走的那天話很少，明顯是陷入難捨友情的漩渦裡去了，他說：「我想要沉澱一會……這麼好的朋友，以後都不會像這樣如此瘋癲地玩下去了。」

之後是沒有孟儒在旁邊時一個電話就能約見面的學習日子，沒有起早貪黑出去玩的快節奏旅遊，大家都過起了常規的生活。有個週末孟儒回來臺北，還在週六早晨送豆漿燒餅外賣給我們四人，看他左拎右提著大大小小打包盒的樣子真覺得過意不去，但他卻毫不在意地擺擺手說：「不會，應該的！」

因為他爸爸從他小時候一直赴美留學，在實驗室搞研究到很晚，孟儒和隊長他們待在一起的時間要多得多。孟儒不太愛念書，他相比之下更愛做志願者。他曾經是臺灣中學生支援服務活動「保德信」的二十位高中生傑出志願者之一，也因此是母校金門中學的傑出校友。在我和他的接觸中，我也真心覺得他是位稱職的志願者。不為其他，只為真心樂意幫助別人，和別人真心地做朋友。

一日和孟儒在操場快走，孟儒邊走邊發Facebook狀態：「有時候，和真心朋友一起聊天，大笑，開心，就是最好的時刻了。我不知道以後會發生什麼，但留住當下的美好，就夠了。」是的，記住最美當下。當我在臨走前拍下他送機完轉身離去的背影，我便知道，孟儒貫穿我們臺灣行的始終，作為「六人行旅遊團」的導遊，有始有終地為我們的臺灣之行畫上圓滿的句點。

小乃課堂回憶錄

小乃是我的教育行政學課的老師，他叫黃乃熒，臺中人，是個非常有個性、幽默風趣的教授。

記得第一次上他的課是由於選課疏忽沒有選上，便親自找他要授權碼加選。我說我是大陸交換生，小乃撇著頭咧嘴笑著說：「大陸同學來，我們當然歡迎啦！」然後在本班進行了隆重介紹。

本班還有一個大陸交換生鄭琦，他是東北師大大三的教育學學生，浙江人。另有一個澳門的交換生，不過上課時來時不來，所以也不記得她的姓名。平時在小乃課上，所有人都擠在後排坐，鄭琦學長、我和另兩三個同學比較偏坐前排靠左右牆的位置，整個教室人員分布呈一個凹形。小乃就說：「每次看你們班的座位分布，就像是擺作戰的隊形，在圍攻我一個人哎！」

剛上了小乃兩堂課就喜歡上這個老師。前兩節課，他都是在講他的人生經歷，從高中考到臺師大，到GRE一五二〇高分去美國讀研究所。當他講到出國後的命途多舛和努力奮鬥、奮鬥到圖書館空無一人，「自己一人堆著一疊書在空曠的圖書館，感受到知識如海般浩瀚」的情景，他說他總結了一句名言——「尋找寂寞的蹲點」，並將此句作為他最近新出的書的前言首句。小乃看台下幾乎沒有在認真聽的樣子，著急地說：「記下來呀！這麼好的名言，下了課你們就忘了……這句話對你們有沒有發酵？」下面人問：「什麼是發酵？」「就是對你們有沒有震撼、啟發啦！」

然後他又講到在美國時，有一個學期開學前沒有足夠的錢交學費、向一個同在美國留學、家境殷實的女同學借錢。他要借四千元臺幣，結果那個女同學一開支票給了他兩萬元臺幣。全班的氣氛在這時就活躍起來了，男孩女孩們紛紛起鬨地叫道：「老師，那個女生喜歡你嗎？」他說：「沒有啦。當時我心如止水。」「她喜歡你啦，你沒發現嗎？」「當時我腦子裡只有書啦，不想這些事的。」我覺得好笑，這樣的軼事現在還一年一年講給我們學生聽呢……後來小乃說了一句令我很觸動的話：「有時候，當你身邊、腦子裡都是書的時候，就不太想和人交往了。因為書就是你的朋友和交流的對象，再和人交往覺得不太有必要了。」「習慣、享受孤獨是人生的一大課題。」越讀，越孤獨。喜愛孤獨的人總是深刻、深邃。也許強大的人，都是或多或少得益孤獨的磨礪吧?!

小乃另有一句令我感受頗深的話：「讀千千萬萬本書。」他講話總是很輕鬆、像在開玩笑的神情，等到記在書本上、隔斷時間再看的時候，發現確實是句讓人有思有感的句子。他說：「如果你面試研究生的時候，對面坐著個黃小乃教授，問你將來有什麼專業規劃。其他什麼都不要說，只說『我要讀——千千萬萬本書』，我立馬給你滿分！」如此真性情，我欣賞。

他說很多人寫書，讀十本專業相關書就可以寫書了。但這不叫「寫」書，叫「整理」書。而真正寫一本好書，讀一千本參考書都不一定夠用。

因為寫書是再創造的過程，你不是要通過讀參考書摘錄好詞好句進你的書，而是通過廣泛閱讀有所啟迪和發現，把新的思路寫到你的書裡，這樣你的書才有價值和出的意義。這些話語對於我寫書也常常很有啟發意義。

在他的課上，不會有照著書本教書的場景，也沒有打開PPT投影機講課的方式。他要求我們每個星期課後讀一本英文原版《Educational Administration》教材的一個章節，上課後直接處理課後讀不懂的內容，這樣的新型「翻轉教學」有利於提高課堂效率。而他的課也不會出期末考試試卷，只是通過一次小組演講報告和一次書面作業打分。

小乃貌似很喜歡有我們交換生來上他的課，因為他認為這樣的課堂很國際化，各地學生都有。經常在課上，他就會問到我們兩個大陸交換生關於大陸教育的問題，他也經常到大陸的師範大學進行交流。他問我們家鄉在哪，鄭琦說浙江，我說江蘇，小乃說：「都是好地方啊……上海屬於江蘇嗎？」我說：「上海是直轄市的。」「『上有天堂、下有蘇杭』的蘇杭在江蘇了？」鄭琦說：「蘇州是江蘇的，杭州是浙江的省會。」小乃一個勁說：「大陸的省市簡直太多了搞不清啊。」

又一次小乃在課上閒聊說到「梟雄」一詞，在臺灣作為貶義，而在大陸卻是有褒義的成分。若玫問：「老師『梟雄』怎麼寫？」小乃指指我說：「你跟他們借康熙字典查啊！他們有那種大字典，什麼字都有注解標示。」

關於小乃這個稱謂，是很多學生這樣親切地叫他而流傳開的。之前我們也不知道，一次課上他打開手機短信給我們看一個學生給他發的教師節祝福短信，稱呼為「小乃」。他表面上故意表現出為難地樣子、學老學究的姿態歎道「師道之不傳也久矣」，同時也忍不住笑容滿面。後來我們知道，原來他喜歡叫他小乃啊，於是大家在私下都用小乃稱呼這位黃老師了；在離學期結束時，大家和老師關係也更親近的時候，還有人在黑板上寫一兩句小乃課上常常重複的名言，附上「小乃」二字。小乃看著，也不說什麼，只顧開心地笑。

在寫報告論文時，我們分成三人一組的八九個小組，在最後的一個月內報告，一場大約一節課時間。我和同組的雁茹、若玫準備關於倫理話題的教育行政論文批判文章，大家每人寫一千字，整合起來三四千字。到最後交成稿時看到，我的名字被寫在作者第一位，想想我只做了些分內之外的統籌整理工作啊。

除了和組員的交流，在平時課上，我和坐在前排經常靠著的又慈同學談話也比較多。又慈同學很忙，儘管學教育學就很刻苦努力，還要輔修文學專業，平日都是滿課，還抽空參加講座，總是在校園裡閒轉的我看到她匆忙走過的身影。

關於教育學的同學，我還結識了一位大四的學姐王玉璿，是臺灣少有的學霸（意思是：很會念書的同學），當所有人往後坐時，她從來都坐第二排的位置。她通過鄭琦找到我，請我給她做一個大陸臺灣的教育學學生生涯規劃比較的調查。學姐講到修了黃乃熒老師課的時候，她笑說：「這真是個有個性的老師啊。」「對啊，開學兩週了一直講他的人生經歷呢。」「哈哈，他的課堂上確實講得少。要是只想期末考及格是很容易的；但要想真正學到東西，要課後自主看書、主動問他問題才行。」

在最後結課的時候，我和鄭琦學長拿著教科書，請他在前頁給我們題字簽名。「鄭琦仁棣，感謝有你參與，祝願前程似錦。」之後寫到我的，旁邊的澳門交換生說：「老師寫點有特色的話啊！」小乃想了想，遂提筆寫道：「雨青仁棣，教育行政不要讓學子不開心。」這話一寫出惹得周圍圍觀的同學都在笑。「別讓××不開心」，是十一月份市長選舉時反對連勝文者借用其語錄加以諷刺攻訐的流行語，後常被小乃在課堂上用作噱頭的口頭禪。如今這樣的一句略帶幽默的話用作了臨別贈言，真是蠻有紀念意義的。

小乃的課堂，很風趣、很有哲理，與其說是講課的場所，更該說是給人很多關於夢想關於奮鬥的啟示的勵志演講現場。如今的我，印象最深的是那前兩堂課的人生經歷講述，回溯如何在冰天雪地中跑去機房寫論文、怎樣克服面對美國白人的歧視的心理折磨、又怎樣在學期開始前到處籌備借錢的奔波勞碌……我想，每個人都不是輕易就可做成一件事情的吧。尋找寂寞的蹲點，甘願為夢想而枯身孤坐，在無人問津時對自己的初心堅持，這樣的付出，終會給自己回報。

多元文化英文課

師大的大二學期英文課是自選，有聽力與口說、閱讀方法、英美文化概況、寫作指導這四個類別。我通過授權碼加選了畢永峨老師週五下午的聽力與口說課。

英文老師很有個性，說話很直接，有時近乎犀利、一針見血。比如第二次上課，一個剛加選本課的男同學跟她說明剛剛選進她的課，畢老師轉過頭去，手一揮說：「你加選，沒有問題。不用向我說明啊。」男生有點嚇到，怯怯說：「請問有什麼教學課綱？我還沒有被分組……」「沒有固定的組，找個空位子坐啊。你加選，我又不能攆你出去……」

然而我後來一次要聽馬悅然的講座，和英文課時間重疊了，我發Email過去，斟酌字句，怕哪說得不好被老師像嗆那個男生一樣嗆我。發出去後第二天回信了，她只是寫了簡潔幾個字：「沒問題，儘管去！」

記得一次上課小組討論，我們小組六人正好講完各自沒話說的時候，老師走來，盯著我們走了半圈，然後非常嚴肅地說：「You are wasting your time! Wasting your life!」她冷峻的眼神讓我們小組的人都非常慚愧。

在英語課上，我們被隨機分成五組、一組六人，大家將桌子拼在一塊圍坐著，老師四處走動記錄我們的課堂表現。因為沒有期末紙筆考試，最後的成績全都決定於課堂的表現。一堂課兩個小時，第一個小時是自由組合討論關於固定主題的話題（如Weather、Campus Life、Childhood等），課間時打亂分組，第二個小時坐在新的組裡開始進行新聞介紹（每個人每週課後都準備一篇時事英語新聞，上課概括給組員聽）。另還有一個人兩次的演講或做主持人的任務，這也是要算分數的。畢老師是很嚴肅對待學習事宜的人，上課的每個學生要求全用英文對話，小組討論和講新聞時都不能用到中文。

後來十一月末我和鈺淋、厚勻參加學校的英語PPT演講比賽得了第四名，我在下課間跟英文老師說，並給她看手機裡我們拿著印一千元臺幣獎勵的海報拍的合照，老師異常地高興，她笑開花地說：「I am so happy！」她顯出和藹的神色拍拍我的背。「你們能主動學習、鍛鍊自己的能力，真是我非常想看到的。」之後在課堂，她特地還要我和鈺琳、厚勻講述這個超棒的比賽經歷給大家聽，建議大家下回也去參加。

有一次下課，正好和老師同路，於是一起走到校門口。談到我的家鄉，老師說她的祖籍也在揚州，還有一次冬天去玩過呢。另講到出國留學的想法和計畫，才知原來老師是臺大本科畢業、康奈爾英語文學碩士畢業的高材生。我說：「老師這麼厲害，平常都不說出來啊！」她很謙虛說：「現在當大學老師都要高學歷呢，我這不算什麼啊。」

說到我在英語班的同學，有幾個是第一節課很有默契地坐在一組的：心輔系的詹鈞傑、企管系的孫韻茹、特教系的馬健原還有華語文系的葉于凡。第一次坐在一組時，我們要討論話題「對師大校園有什麼建議和不滿意的地方？」依次回答這個問題，鈞傑說，師大路太彎彎曲曲地不筆直、校本部和圖書館校區中間的一條馬路常常紅燈很不方便、誠正勤樸大樓的衛生間太小等等；韻茹說校園太小，希望擴大，有臺大校園一半面積就滿足了；後來我想想，其他也沒什麼好說的了，隨口就說「希望四個校區相隔近點，不要一坐校車就是半小時一小時的……」健原說：「你是想把那兩個校區平移過來嗎？……」話音剛落大家都笑噴。

之後我們約定俗成般地坐在一起，常常有一兩個不固定的同學加入。一次談論喜歡的歌手時，一個男生說喜歡Tank，大家紛紛問Tank是誰，我說：「這是臺灣歌手啊，呂建中。你們臺灣人怎麼都不認識啊？」另一女生說喜歡陳綺貞的《旅行的意義》，這是臺灣非常火的一首歌；在課上講時，老師轉頭問我知不知道陳綺貞，我說她在大陸也蠻有名的啦。

英語課的詹鈞傑同學。

另一次的話題關於生活費。於是我們小組大家給我算起了交換生在臺灣交換一學期的大概費用。于凡用筆記型電腦作記錄，我想大概花費的物品和吃住費用、另四人估計大致的價格。說到租房費，我說一個月八千五百元臺幣，大家都在感慨怎麼那麼貴，他們一學期宿舍費只有七千元臺幣。我說因為在臺北市中心房價本來就高，加上當時租房子時租遲了，很多交換生來後一下飛機就開始聯繫房東，於是就在房價上被坑，占到了在臺所有花費的一半多。

最有趣的一次經歷是課堂演講。要求是準備一句名言，並根據自己的經歷談談對此的感悟。我準備的是丹麥童話家安徒生的一句「To travel is to live」，並講述了我來臺北前的想像、剛來時的違和感到如今的收穫和新鮮體驗。期間總結臺灣學生的喜歡自拍、喜歡群聚吃飯、喜歡排隊的特點收到哄堂大笑的極好反響。

之後再轉而介紹到我的家鄉，我要大家猜我來自哪裡。有人說「北京」，而後有人說「浙江」，我說很接近了；接著人猜「福建」，我說遠了；後被猜出是「江蘇」。我說：「那是哪個城市呢？」底下大家都笑，沒有人猜出來了。臺灣學生對大陸地理位置僅限於沿海部分的省份瞭解，關於對應包括的城市就不太清楚了。

後來我說是揚州，並邀請大家來玩的時候，我在黑板上畫了大致的地圖方位時，底下人說「你把臺灣畫得好大啊！」我說：「從揚州、南京的江中地區，到無錫、蘇州、往下通過上海至浙江的杭州，這塊部分叫做『江南』。」這時下面同學全都恍然大悟般地「哦」起來。

講完後要有同學提問，有人問我最想去的地方是哪。我說：「最想去日本的東京、京都……很唯美的城市。」沒想到老師這麼說：「京都和揚州很像呢。京都的文化就是古代唐朝時從揚州傳過去的。」吳泳儀同學問我：「你說你去了臺灣的淡水、九份、臺中，那你有沒有去過——高雄？」大家都笑了，泳儀是高雄人，也是師大高雄同鄉會的組織人，特別留意向人宣傳她的家鄉。我說：「我還沒有去過，覺得太遠了。你哪次回家時候帶我去吧。」

在課堂裡還有三個馬來西亞的學生和一個香港學生，他們是僑生，在臺灣留學四年，正式上大一前要上一年預科（學語言）。上次和香港的學生講話時，之前並不知對方來自哪裡，當他說來自香港，我說來自大陸時，貌似一絲憂傷的神情從他眼中游過，繼而恢復一貫的禮貌笑著說：「你好。」此後我和這個學生也沒有課堂外的交流了。

最後一次結課，平日歡樂的、大笑的氣氛變得沉重傷感起來，真怪泳儀的過分「煽情」了。她作為最後一位演講者，說：「我們很珍惜這樣團聚在一個班的友誼，以後我們就不能這樣聚在一起大笑了。大家按我說的做，伸出手——搭著你左右同學的肩膀——上身一起左右搖晃……」大家都覺得動作好奇怪，仍然笑著照著做了。「跟我念這樣的話：感謝你們，感謝老師，感謝坐在一起的同學。I love you！」全班所有人一起

英語課的吳泳儀同學。

說這樣的話，竟有略帶傷感的氛圍蔓延開來，我也想到，我的臺灣交換生涯也快結束了。這樣一節開心的、收穫滿滿的在臺體驗的英語課，也許是唯一一次人生體驗吧！願大家安好、開心。

這個Juno有個性

十月份在公告欄旁閒轉的時候，無意間看見一張新告示說十一月末有英語系主辦的一年一度英文演講比賽。因為喜歡這樣的展示活動，又想可以借此機會多認識臺灣的同學朋友，便萌生了拉人組隊一起參加的念頭。

之前在英文課上覺得一個叫Juno的女孩，口語講得特別流利地道，於是課間我問她能否跟我一起參加這個比賽。「可啊！」她很爽快地同意了，還要跟我一起去聽關於比賽的介紹和經驗講座。通過這個演講比賽與之結緣，發現和這個個性女孩有著非比尋常的默契。在準備的一個月裡，寫演講稿的過程是最糾結

Juno擔當臺北同性戀遊行志願者。

的：不停地修改、背誦、踩著時間縮短或拉長詞句，好幾次都近乎想要放棄說不想比了，但還是因為想要在臺灣師大留下一次美好的活動體驗而堅持下來。

Juno叫傅鈺淋，家鄉在臺中，國中時因為爸媽工作的關係在美國學習，自此對美國文化產生深刻的興趣，現在的她就是個英語狂：看美劇、愛說英語、找美國留學生做朋友……雖然外表看起來就是個臺灣人、樸實無華的她，在觀念裡卻和臺灣年輕人很不一樣。她抱怨說很討厭臺灣女生的「愛裝柔弱」，臺灣男生的「扭扭捏捏」；她自己的擇偶標準就是美國帥哥……這讓我想到宋美齡說她自己：除了我的面孔，我其他的一切都是西方的。

Juno向我笑說，她有次去臺灣南投的土城國小志願教課、竟被孩子們叫做「辣妹老師」。那天她穿著皮衣，顯得很帥氣，在和孩子們邊玩邊學的時候像個「大姐頭」，既能和他們打成一片、在有必要時也能管得住他們。在我這個教育系學生問她「如何做到深受孩子們敬愛」時，她總結自己的經驗：一個非常重要的點是，我能努力記住每一個孩子的名字，不會忘掉害羞、躲在角落的學生；在玩的時候，我會和他們一起參與，而不像大多數成年人那樣只在一旁看著並指手畫腳。

關於兩岸的政治問題，她也不像我接觸的其他人一樣敏感而隱晦，她說：「這個無所謂啊。誰實力更強就聽誰的嘛，這種事情總是說不清的。我只要管好我自己，讓我自己更強就可以了。」

雖說她是走歐美風格路線的人，對《甄嬛傳》卻情有獨鍾。鈺琳把甄嬛傳完完整整看了不下二十遍，對裡面的大小情節一清二楚。因為喜歡甄嬛傳裡人說話的「北京腔」，她說也很喜歡我說話的音調，和我在一起玩時她自己就自動切換成普通話口音了。有時我還教她幾句揚州話，她會記成中文的諧音記住，說「這個好讚哦，很有江南的味道！」

關於Juno的專業，同在英語班的同學聽了她純正的一口美國腔，都會以為她是英語系的，而她卻是國文系。鈺琳感到很無奈，說國文系是被服從的，那些古文、現代文學真的一點不是她的菜。我說，我一直的願望就是想學中文，可惜還上不到呢。我想我們的狀態如同圍城——我這樣進不去的人想進去，而身處其中的人一個勁想出來。如今時隔一年，和Juno在網上聊天談及以後的規劃，她說她將申請美國的教育專業研究所，我說我要轉念美國的創意寫作專業。「所以說我們是互調專業了嗎?!」真的好期待和Juno在美國的重逢。

緬甸女孩

我在學校裡認識的很多外國人中，有一位要好的緬甸朋友。她的緬甸名為Bauk Bauk Kaing，中文名叫余永秀，是企管系大四的學生。

第一次認識她是在英文聽力與口說課上。前面提到，畢老師要保證每個學生都在課堂發言。第一堂課，輪到她做自我介紹，她一開口我就被驚呆了：模糊的發音、沙啞的音色，根本聽不懂任何一個單詞呀。周圍的同學都露出奇怪的表情，皺起眉頭努力聽懂。「她應該不是臺灣人吧？哪裡人呀？」「不知道哎！」老師問她：「你來自哪來？」她的回答沒有人聽得懂。她笑嘻

余永秀在師大畢業典禮。

嘻地，紮得高高的馬尾辮一晃一晃。

有一次課間休息，眾人坐著聊天或玩手機，我突然聞到教室後排溢開來一陣濃郁的飯菜味。轉頭看去，原來是那個緬甸女孩，正端著一碗便當在吃，即使這一行為引起一雙雙異樣眼睛的注視，她也是若無其事只顧自己吃飯。拜託，現在都下午三點鐘了，怎麼還在教室吃飯？好不考慮別人啊。她這樣特立獨行的舉止更加引起我的注意。

每個人在英語課都有一個演講作業，即介紹一個你最喜歡的英文單詞，並結合自身談談感想。輪到她的那節課，她信心滿滿地、馬尾辮一晃一晃地走上講臺，在黑板上寫下「experience」。這回她的英文，我竟可以勉強聽懂一些：她是緬甸留學生，在臺灣生活了快六年；在這期間她一邊學習、一邊做兼職打工賺學費生活費。除了在餐館端盤子，還找了一份在牙醫診所當助理的相對高薪水工作，從學期期間到寒暑假都不休息。通過這樣的兼職，她自己可以自給在臺灣的生活費和學費。她說：「人需要很多有意義的經歷，這些經歷讓你成長成更優秀的人。在大學期間，你應該體驗一些兼職工作，以適應將來的工作生活。」

我頓時有所瞭解，她英文說得不太好，也許是和她的緬甸語有發音等方面的衝突；這次的演講，她儘量說得很慢，有的單詞有重音、停頓和重複，很明顯是下了功夫練習了很久。還有那次在課間吃飯，原來是她中午工作騰不出手所以才不得已打包了便當啊。這樣快節奏的充實生活，對比我在臺灣每天只一節課、週末常常在玩手機電腦中度過的狀態，令我有些慚愧。

我漸漸欣賞起這個很獨立自主的女孩。對她態度的轉變也讓我知道，以貌取人是不對的，也不要輕易捲入「暈輪效應」裡去。

有次和Juno偶然提及她，Juno說：「永秀真好！她快畢業了，所以自己做了緬甸菜，在宿舍樓下擺了一桌菜給我們學弟妹吃呢。做得真好呢！」聽聞如此平易近人，我便主動跟她接觸交談。

這個女孩，善良、熱心、為人真誠，對於我問的關於打工兼職的問題不加保留地回答。她家有兄弟姐妹九人，來臺灣念書的花銷很大，為了減輕家庭負擔，她選擇半工半讀。寒暑假不會回家，一兩年中錢攢得夠多時，才買一張回緬甸的機票。有一次因為飛機晚點，她還在機場睡了一夜。

關於為什麼來臺灣念大學，她說，來臺灣學中文，回去後會很有就業優勢。懂中文在緬甸很吃香，因為很多中國大企業在緬甸紮根。此外，她也抓住在臺灣學習的一切機會。她很坦誠地說她英文口語很爛，所以選了這門聽力與口說，即使這門課並不算進學分。

我和她閒聊，問她的中文名字是不是在臺灣取的。永秀說這其實一直就有，緬甸的很多人都有中文名字。因為早先多數緬甸人是從大陸移民過去的，她的祖輩其實也是大陸的移民。

在我離開臺灣前兩天，永秀約我去南勢角捷運站處的南洋緬甸美食街吃飯。她請我吃綠豆粉和印度油餅，她介紹說這是緬甸人最愛的早餐。綠豆粉，是將綠豆磨成粉，加上花生、香菜做成的偏鹹味的糊狀食物；印度油餅是甜味的薄餅，脆而有嚼勁，油而不膩。緬甸的主食偏辣偏酸，鹹魚和醃製的海產品很受歡迎，緬甸人普遍口味較重。永秀說，臺灣好多泰國餐館其實都是緬甸人開的，賣的也都是緬甸菜。這點很奇怪。

老闆端上熱氣騰騰的美食，我邊特寫拍照，邊說：「還希望吃你親自做的緬甸菜呢！」「抱歉啦，因為臨近放假宿舍樓不提供廚房，所以做不起來了。」她說，「真希望自己做的菜能夠被吃的人真心地接納，而不會想到利益方面的東西。」我放下相機，抬頭疑惑地問：「這是什麼意思？」永秀說，上次雖然做了一桌家鄉菜給大家吃，但就是有些人誤認為她是在有意討好，總是帶功利目的的有色眼鏡看她辛苦用心做的菜。我說：「不是吧！臺灣同學很好很單純呀！」說罷我感到有些抱歉，其實我並不瞭解她的時候，不也是帶著先入之見地看待這個異鄉女孩嗎？

永秀說，你到一個新的地方，剛來時覺得很新鮮很美好，當地人都很熱情；但在這裡住久了，會發現有很多不公正、存歧視的現象和一些帶有功利心的人。一個社會，有好的地方，必定也有壞的地方。不過，來臺灣學習，是一段很寶貴的經歷。人生，就是不斷地遇見和別離。總之，不要記恨，珍惜就好。

我和她在捷運站分別。我望著她遠去的背影，一晃一晃的馬尾辮那麼可愛。她又趕去牙醫診所實習工作去了。現在每每想起她，想到她對我說的關於抓緊時間、利用每分每秒的話，想到每次她急忙地奔著趕捷運時背影，總覺得心中立刻充滿動力和能量。

原來是醬紫：陸生眼中的臺灣大不同

二 關於景物

陽明山．雅舍．靜

陽明山，一個光聽名字就會愛上的地方。陽明學說，強調「心即理」、「致良知」、「知行合一」。彷彿此山就在我心之中，不在乎外；登上山頂，瞭望天際，能夠使得心靈澄澈、良知回歸。

其實，「陽明山」原名「草山」；「陽明」一名是蔣介石於一九五〇年因著對浙江同鄉、理學大師王陽明的尊崇，又對湖南永州陽明山的鍾情而改的。此山實際上是位於臺北近郊的山群統稱，包括大

竹子湖街邊的日式店鋪。

屯山、紗帽山、七星山、小觀音山等；一座座蔥蘢圓潤的「盾狀火山」如大屯火山群、活火山小油坑等，構成了陽明山公園的主體，故而著名的溫泉鄉北投就因三面環山而溫泉密佈。

早已心嚮往之的我，於十月一個週六的清晨獨自早早出發，按照地圖的指示：從劍潭捷運站下車，搭公車沿盤曲的山路，經過了文化大學、林語堂故居、士林官邸，最後到了終點站陽明山站。這山腳站有通往山上不同景點的車次：小油坑、竹子湖、陽明書屋……我坐上一趟車，下車到竹子湖後只覺氣溫驟降。

竹子湖是一片湖田谷地，它被開墾為農家田地，多種植花卉、蔬菜，形成了一副山間農地景觀。街邊設有日式茶坊，多賣番薯湯、烤番薯，還有自家種植的花卉、蔬菜。走進花田深處，設小橋流水、竹製翻車的景觀，有一些當地人在此野餐遊玩，體驗農家樂。

我坐在溪水邊，用單反變換光圈和快門，抓拍黃菊上偶停的蜜蜂。小池裡有農人養的紅鯉魚，「俶爾遠逝，往來翕忽」。王維的《竹裡館》，正符此時心境：

獨坐幽篁裡，彈琴複長嘯。
深林人不知，明月來相照。

當晚從陽明山回去之後，和隊長興奮地訴說登山感受。隊長不無可惜地說，陽明山在春天時要更美，那時百花盛開，除了種植最多的櫻花，還有茶花、桃花、野牡丹、馬蹄蓮等等，一個月的花季，能夠吸引百萬遊客的光顧。隊長告訴我，陽明山竹子湖是在日據時期日本人最早種植櫻花的地方，如今櫻花仍舊栽滿遍地，種類繁多：山櫻、吉野櫻、八重櫻；純白、粉白、桃紅……「人為武士，花為櫻花」，櫻花點綴了陽明山絢爛的春色，也在那漫長的統治時期，於潛移默化中同化給臺灣以武士道精神為核心的日本文化。

我覺得，「五嶽歸來不看山」，小時候去過廬山、張家界等名山大

竹子湖的花與山。

川，陽明山確不如前者壯闊逶迤。但此次陽明山之旅最特殊的體驗是，遊人稀少，不似大陸景點熙熙攘攘；一個人自由來去，而非跟著旅遊團走馬觀花。走在山間田野，空曠山谷間，雞鳴鳥語聲聽得異常清晰，心似明鏡不沾塵埃。俯身拍下花的特寫，山脈繞著雲霧作背景忽隱忽現。「采菊東籬下，悠然現南山」，算是真正體驗了一回「物我兩忘」的樂趣。

離開竹子湖，坐公車在「陽明書屋」處下車。這書屋位於七星山麓，原為一九六九年興建的中興賓館，為兩層中西合璧式建築，由蔣介石親自選址並確定修建方案，也是蔣介石和宋美齡在臺灣的常住地之一。他們於一九七〇年在此居住、辦公，偶爾回到山腳下的士林官邸，由於蔣介石此後身體狀況每況愈下，蔣氏夫婦於兩年後告別陽明書屋，搬回士林官邸。

「陽明瀑布」是我的第三個目的地。下車後發現此處就我一人，陽明瀑布不過是眼前山澗中流淌的涓涓細流罷了，頓有「被騙了」的感受。不甘心的我拍了幾張照片，發覺這獨自一人賞細流的意境倒也很美妙。不遠處有一家日式茶鋪，裡面放著悠悠的老上海調子的小曲，偶有幾聲茶杯碰撞桌面的聲音，說話的人聲講的是臺語。

下山路上，在林語堂故居站停車。故居前的藍色標牌很不顯眼，門前也不見遊人；剛剛下站的公車駛去不見了，站在這山間公路邊又有了幽靜的感覺。走進庭院，在屋舍入口處，是個收銀小哥，戴舊式扁圓帽，著青色布衣，是故意裝扮成林家管家的模樣。該故居由林語堂親自設計，將西班牙建築設計風格與中國四合院結構相結合，是他生前的最後十年的定居住所。其右側的書房內保留原貌供人參觀，其中收藏了兩千多本書籍、手

林語堂故居內景。

稿，還有他設計的「中文打字機」、「電動牙刷」和「英文打字鍵盤」；左側設書畫廳堂，每天下午有書畫者在此創作、贈遊客作品；中間的被改造成了餐廳，這一點我不是很喜歡：又是有千篇一律將故居商業化的現象。屋舍後是林語堂先生的墓碑，夕陽斜照在墓碑上的字，墓碑前面放著一籃開得正盛的花。

恰逢前兩天在師大聽了陳平原講舊時代知識份子的講座，談朱自清，「敏感而上進」。想到《雙城記》開篇中說：「這是最美好的時代。這是最糟糕的時代。」我想每個時代有好有壞，身處其中的人亦喜憂參半。我很慶倖自己活在這個時代。

我也很悲哀我活在這個時代。我在這個時代，有富足的一切，不必車馬勞頓、為命運擔憂；但我在這個時代，揮灑時間渾然不知，緊迫感與使命感全拋腦後。而這些令人敬重的先生們，窮而後工，皓首窮經。看著林先生書桌上放著的著作、煙斗和書稿手跡，我想，民國大家，讓他們永遠地留在那個人傑輩出的時代吧。他們雖已逝去，但每當人們談起他們、讀到他們，總讓我感到他們的永生。

寶藏岩：傳統與現代的妥協

寶藏岩，原為臺北郊外的一個不知名的山頭。一九四九年，從大陸遷移來到臺北的人，有一部分就來到這裡，開始建屋搭棚，定居生活。上世紀生活在寶藏岩的居民，除了這些從大陸來的老兵之外，還有很多是本地從鄉村進城市的移民。

二〇一〇年，經過臺北市政府和以劉可強、龍應台、侯孝賢等文藝界、商業界、學術界人士的共同協商討論，加之與原住居民的溝通對話，傳統、破舊的寶藏岩被改造一新，成為如今公館區臺灣大學附近著名的藝術村旅遊景點。其中的幾千戶居民被很好地喬遷安置了新屋，對於在此住了一輩子的老人則保留其住屋不被拆遷；一些年輕的國內外藝術家進駐騰出來的空房子，他們在寶藏岩搜集靈感，在牆壁和天花板作畫、將房屋風格西式化，給這個原本孤居一隅的小村莊增添了勃勃的生機。

我和交換生一行六人在盛夏的午後第一次來到寶藏岩。剛入門口時，見到的是一間佛教寺廟，裡面供奉著一排佛像，佛像前的香爐插著層次不齊的新香舊香，不時有旅客行人進去「拜拜」。

往裡走，看到左側有一排排和文藝活動相關的宣傳手冊，還有入住寶藏岩內的各個藝術家的通訊方式。石板路曲折蜿蜒，狹窄老舊，輾轉往下走，便看到四周的房屋都是居民式的，透過一戶住家的窗戶看到剛吃完午飯的一家人在收拾碗筷。我們在外頭新奇地張望，裡頭的住家並未十分理會；這反倒讓我覺得不好意思，我們這些來訪者頻頻打擾，讓他們都習以為常了吧。

在一些住家牆壁上，我們還能見到用粉彩創作的卡通人物或是風景畫，路人紛紛與之合照。寶藏岩藝術村還吸引了一批批大學生集體組織來此寫生，並與藝術家交流經驗。

好友駿紘向我介紹，寶藏岩曾在上世紀末經歷過一次人為的「浩劫」。為了增加預建公園用地，時任臺北市市長的陳水扁用了強勢手段對寶藏岩的用戶住房進行拆除，其中有位老兵以上吊自殺的方式表示抗議，這一事件對社會造成十分大的震撼。好在經過了十幾年，寶藏岩終於能以傳統和現代相妥協的方式保存下來，是一個邊陲挑戰主流成功的例子，也是市民們普遍期望的結局。當然，他說這也只是他和周圍人對此事件的看法，並不代表臺灣所有民眾的觀點。當然有人會認為將寶藏岩這樣的老舊村莊整改成公園對經濟產業會更有益，這些不同的聲音在當時互相辯論得極其激烈。這樣的民意不一，可反映出臺灣人對政治方面的關切程度和發表意見的熱衷。

寶藏岩的多舛經歷令我久不能忘。入秋的一天晚上，我帶著有關它歷史的「沉重的包袱」，隻身再次拜訪。這一次去人很少，昏黃的燈光照得人分外孤單。寶藏岩小山腳下，古亭公園繞河而過，偶爾經過幾個夜跑的人。一戶住家燈火通明，傳來陣陣笑聲、吵鬧聲，男男女女操著閩南語說

寶藏岩民宿。

著話，碗筷碰撞的聲音清脆。和大陸興起的農家樂一樣，臺灣住在旅遊區的居民「因勢利導」，紛紛辦起民宿以此增添收入。

伏在柵欄眺望遠處，山頭漆黑一片，高速公路上的汽車、機車飛馳而過。頭上深藍色的天空，漂浮著深白的雲，想來明天又是個好天氣。在臺北，我看到高聳雲霄的一〇一大樓，它引領著這座城市的輝煌；我也看到許多不知名的幽暗街巷、破舊房屋，它們低訴著這座城市的另一面。臺灣是個飽經苦難的地方，葡萄牙人、荷蘭人、日本人侵襲漢人文化，國民黨遷臺與原住民衝突，上世紀中葉為「反攻復國」強制青年入伍艱苦訓練增設兵力……這些苦難的印記讓臺灣人更加懂得珍惜現下擁有、保留父輩傳統。

九份・平溪・菁桐

陶淵明在《桃花源記》一文寫到：「晉太元中，武陵人捕魚為業。緣溪行，忘路之遠近。忽逢桃花林，夾岸數百步，中無雜樹，芳草鮮美，落英繽紛。」「其中往來種作，男女衣著，悉如外人。黃髮垂髫，並怡然自樂。」下車抬頭看那簇擁著、古樸而散發香檀氣息的老樓房，聽到阿公阿婆擺著茶葉蛋攤子隨風飄來的叫賣聲……九份之於我，就好比桃花源之於漁人。

九份之旅是非常小清新的體驗。這裡的風格是老式建築都是日式的，據說是宮崎駿《神隱少女》創作背景的靈感來源。往下俯瞰山川河流，就像《神隱少女》中從油屋樓頂看山下第六號車站的情景。它早年因盛產金礦得名，後因資源枯竭而沒落。一九九〇年侯孝賢以「二二八事件」為背

九份風景。

景的電影《悲情城市》在九份取景，其中展現的舊式建築、坡地和風情，讓人重新關注起它，使它煥發新的生機，如此成了來臺灣必遊的一大景點。

從九份輾轉來到平溪是傍晚，夕陽西下的平溪車站很有懷舊的感覺。關於臺灣的習俗，有「南蜂炮，北天燈」之說。志工許爸曾帶我們幾個交換生去菁桐放天燈。走在菁桐老街，一起在復古的街道上拍合照，逛著上世紀中葉的兒童玩具店，在各種紀念品店門口蓋紀念郵戳。之後走進一家臭豆腐餐廳大家一起吃了晚飯，每道菜都是以豆腐為主料，比如炸臭豆腐，臭豆腐火鍋，油豆腐，豆腐乳等等。臭豆腐也是臺灣夜市的一道常備美食，大陸夜市等也常見。

後來開車到了十分，停車在山坡上，周圍很暗，有微弱的路燈燈光照明，

菁桐老街上的交換生合影。左側從上至下為劉思萌，肖妍，龐邦君；右側從上至下為李育慧、我、肖毓琨、陶宏。

四周靜謐地只聽到絲絲的蟲鳴。許爸說，十分這個地名的由來是這個小山村原來就只有十戶人家，每次要從山下買飯回來，總是對人家說：「要十份。」久而久之就索性稱此地為十分了。走到菁桐車站處，出現了很多賣天燈賣紀念品的私家商店，商店多是自家進貨賣的，房屋很破舊。大家選了兩盞燈來，四個人寫願望在一個天燈四個側面中的一個，我們寫下了「要珍惜在臺灣的每一天」「願爸媽身體健康」「希望找個體貼有愛心的男朋友」等等。

四人拎著寫完字的天燈走到鐵路旁，用打火機點燃中間的燈芯，用腳踩住邊緣，等待火焰燃燒幾秒後放開手，天燈就緩緩地朝天空飛去了。

至於平溪，也是一處很美的景點。它毗鄰十分，有平溪車站等古老的鐵路，至今仍有不絕的火車作為觀光旅遊之用而運行。

上：平溪吊橋。
下：黃昏遠景，天燈飄遠。

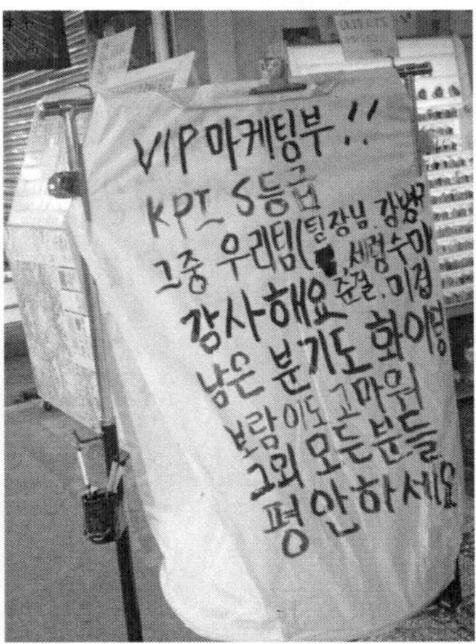

平溪鐵路，每天接待衆多來放天燈的遊客。

淡水，美得不能說的祕密

看過周杰倫導演的那部《不能說的祕密》，最吸引我的莫過取景城市淡水。在臺灣交換的短短四個月，我曾四遊淡水，基本上一月一次。每次遊歷淡水，都在不同的時刻，每次遊歷都有新的感悟和體會。

淡水海景。

位於新北市西北部的淡水，南鄰溫泉度假勝地北投，西瀕臺灣海峽，是充滿秀麗山水的地方，有「東方威尼斯」之稱。有眾多古跡如淡水紅毛城，滬尾炮臺，理學堂大書院（即牛津學堂）等。

第一次遊淡水是暑熱未散的九月初。下午時分坐著捷運來到淡水，去紅毛城遊覽。這所由明朝時佔領臺灣北部的西班牙人所建的歐式城院建築，後又被荷蘭人予以重建，十九世紀六十年代被英國政府長期租用，被用為是英國領事館的辦公場所。到一九八〇年，該城產權才歸於臺灣當局。原為軍事之用的紅毛城，至今保存著明時建造的大炮和槍支。經過幾世紀被多國侵佔的歷史，從其見，亦可見臺灣多磨難的曲折身世。

淡水紅毛城。

乘渡輪到情人橋處，遠遠就看到橋上站滿了觀落日而等待的人們。淡水風光最精彩處就是觀落日。漁人碼頭整齊停泊著渡輪，以灰暗的色調襯托落日燦爛的暖黃。隨著落日緩緩下沉，晚霞收斂，天空

淡水落日。

的暗藍與餘暉的黃融在一起，將淡水映襯得安寧祥和。

當落日驟地完全沒入水平面後，浮標燈與路燈都亮起來。這時在情人橋上看的人都漸漸散去，來到淡水老鎮散散步。老街的一邊是美食特產一條街，另一邊就是漫無邊際的淡水河了。夜色中的淡水河景色秀麗，河岸設木式地板，觀景長廊及悠揚的暖黃色路燈。許爸告訴我，其實在以前，淡水並不如今天這樣知名；在日據以後漸漸淤塞的淡水河港，沒落成一個地方小漁港，相形見絀於日益興起的基隆港。又在距今十幾二十年前，由於工業發展過快和環境污染，淡水河簡直變成了臭水

淡水夜景。

溝。在近十年來政府加大對淡水的整治和周邊環境的改善，才有了今天這樣遊人如織的場景——而這樣的巨大的變化是讓人難以想像的。成為週末度假的場所和外地人欣賞臺灣風光的淡水，如今設單車騎行路線。我在臺交換期間，就有過一次許爸組織的大陸交換生從臺灣大學出發騎行到淡水老街的精彩經歷。

艋舺人生

「繁榮和貧窮共生，喧鬧與寂靜同在。」

這句話，在艋舺這一臺北最早商業區得到最好的體現。這裡有種類繁多的精神寓所——青山宮、祖師廟、龍山寺，也有以暴制暴、在刀尖度日的黑幫團體；白天有熱鬧非凡的商業街，入夜也有魚龍混雜的紅燈區……一切複雜而矛盾的元素在艋舺交融共生，如同「菊與刀」共崇尚的大和民族，艋舺的一切，也是既有猛虎、也有薔薇。

臺北的故事由三百年前拉開序幕，淡水河造就了這一城市得以形成和發展的自然條件。清朝康乾時期，世居臺灣的平埔族凱達格蘭人與從大陸移民的漢人開始進行貿易往來，而這貿易地點則集中於淡水河較下游的「艋舺」（今萬華區）。艋舺，是平埔族語「Mankah」的音譯，意為「獨木舟」，因為這個喧鬧的地方常常獨木舟雲集。到清道咸年間，艋舺的商業發展至頂峰，時有「一府二鹿三艋舺」的說法，表明其成為僅次於臺南府城和彰化鹿港鎮的臺灣第三大都會。而今的世界大都市臺北，就是從艋舺這一最早的貿易集地發源的。如今人們將「艋舺」更多稱其新名「萬華」。

二〇一〇年一部由鈕承澤執導、趙又廷和阮經天主演的臺灣電影《艋舺》描繪了艋舺地段的黑幫情義故事。同年，警方、媒體通過整頓和搜查，將芳明館、頭北厝、華西街、龍山寺列為艋舺四大角頭（即黑幫）。由於電影有明顯藝術化、理想化的傾向，其中描繪的有情有義的黑幫和現實中的黑幫形象相距甚遠。現今真實的艋舺角頭，生活豪奢、壓榨鄰里、三妻四妾、揮金如土。艋舺作為臺北城市最早發源地，如今充滿了危險的氣息。臺北如今被民間評為世界最安全城市之一，而這卻絕對不適用於萬華區這一地段。

　　大稻埕，與艋舺屬於位置接近、經濟互利共生的關係。關於大稻埕名字的由來，是先民為了曬稻穀，在此設「大埕」用於日常曬稻穀。它在清朝時期是北臺灣貨物集散的主要地，故很多洋行開設在這一帶，最大的出口商品是茶葉。在清末時期，大稻埕接替艋舺成為臺北最繁華的地方，屬於臺北三市街之一。直至日據期間，大稻埕在經濟、社會及文化活動上，都有傲視全臺灣的驚人發展及成長。它不僅商業活動頻繁，同時也是人文薈萃之地。

大稻埕碼頭。

貧富有差等——記臺中

臺灣的貧富差距也是明顯的，比如臺北和臺中的對比。臺北人有天生的優越感，他們把臺灣分成兩部分：一部分是臺北，一部分是臺北以外。臺灣所有的優質資源都優先給了臺北，而其他地區，與其說是為了保留傳統，倒不如說是沒有給以更平等的經濟照料。

因同學介紹，臺灣的大城市有四：臺北、臺中、臺南、高雄。於是，一個週六早上，我早早坐車去往臺中想去看一看。

位於臺灣芭蕉葉形狀地圖的中心偏西部部位，臺中北接苗栗，南鄰彰化，東隔中央山脈與宜蘭，花蓮鄰近，被稱作臺灣中部的發展核心。我坐著大巴到達臺中大約四個小時，在市區一個破舊的停靠車站下了車。早先瞭解到臺中有諸多景點特色，比如鹿港小鎮、高美濕地、臺灣美術館還有享譽全亞有「全臺最美夜市」美稱的逢甲夜市。

剛下車就覺得溫度突然升高很多；臺北此時都穿兩件長袖，在臺中只需一件襯衫就可。臺灣跨亞熱帶和熱帶兩個氣候帶，臺中已處於副熱帶氣候的範圍。臺中沒有捷運，城內使用最頻繁的交通工具是公車和ＢＲＴ（快捷巴士）。在來臺灣之前以及在臺北生活時，一直以為臺灣的幾所大城市都如臺北一樣捷運貫穿全程，來到臺中下車的一刻才發現原來除了臺北，臺中、高雄、臺南等市是沒有如此便捷的交通的。

在臺中街頭市長競選宣傳海報上，我看到「我們不要ＢＲＴ，我們要ＭＲＴ」的競選口號。行走在東海大學所在的大道上，人很少，偶有公車疾馳而過，周圍很安靜，這樣的街景和在臺北日常所見的截然不同，讓我總有走在郊區公路上的錯覺。關於便利店，步行二十分鐘始見一家FamilyMart（後來在東海夜市處見到便利店稍頻繁一些），這也讓我知道原來「轉角遇見7-11」的說法也只是適用臺北，放在其他地方則不能同日而語。

後來和同學交流中發現，他們上大學後覺得臺北「好方便，很繁華」「臺北人英語講得很好」「臺北街頭外國人好多」等等。

有一個同學說，她是從臺南考來的，臺灣的大學入學考試對南部人有優惠降分錄取政策，她便是因為這樣的優惠考來臺師大的。這和大陸實行的分地域高考政策是類似的。由於英語基礎不好，來到臺北的其他縣市的學生覺得口語方面和外國人打交道很困難。通過這些瞭解到，其實臺灣的南北部發展不平衡狀況也是很明顯的。

臺中街景。

回程時候，坐車到臺中車站，這是臺中市最知名的建築景點之一。最具日本和文藝復興混合的風格和具藝術氣息的尖型鐘塔是臺中車站的最大特色。整個建築以赭紅色磚塊堆砌為主，搭配白色鑲間環帶，內設優雅的列柱。在車站內很多賣

臺中車站。

紀念品的店裡，賣很多上世紀中葉的小玩具，如彈弓，風車，風箏模型，泥人，雞毛毽子等，另有一些臺中建築或車站的復古風格的拼圖。在臺灣，這些古老的、舊時代的小玩具、食物等被稱作有「古早味」，即有古、老、舊之意。

從臺中回程是很累人的經歷。由於聽同學說在臺灣坐火車不需提前買票，於是直接現場買回臺北的票時，收營員說前幾十分鐘已經賣完了。無奈「失策」，買了三個小時的站票，坐在車廂與車廂間空間的地面，顛簸著回到臺北。其間人流量大，停靠站上下車時需要時不時起身讓人，這樣的體驗還是頭一次，也算是「文化苦旅」了吧。

有血有肉的寂寞金門

剛來臺灣的九月初，一部名為《軍中樂園》的電影在臺灣引起觀影熱潮。電影開篇以一九六九年的金門為背景，描述了戰火紛飛的時代，那些寂寞的大陸移民老兵、被迫徵召入伍的阿兵哥、八三么（即軍妓所，亦稱「軍中樂園」）裡在社會底層掙扎彷徨的女人們的種種愛恨情仇。這部在臺灣大獲好評的電影，讓臺灣人、大陸人、世界人都提升了對金門這個寂寞島嶼的感性認識和深切同情。

很多人的印象裡，金門，不過是個在臺灣海峽中存在感微弱的小島，和馬祖一起被臺灣人稱作「外島」。它地位尷尬——雖然和大陸挨得極近、和廈門隔海相望，可是領導權卻屬於臺灣。

一九四九年，國民黨戰敗，大批民眾紛紛遷往臺灣。此後的幾十年

金門街景。

裡，蔣介石政府都不忘復國之心。由於獨特的地理位置和歷史身世，金門和馬祖成為國民黨軍隊的「反攻前哨」。蔣介石下令在金門增設大量軍備，並強制徵召青年士兵入伍，進行嚴格的軍事化訓練。在現今金門旅遊景點處，可以看到大量的當年印有蔣介石半身像、上書「反攻大陸」「解救同胞」等宣傳海報。

金門在兩岸軍事對峙時期可謂戰火紛飛、大動干戈。兩岸於一九五八年八月二十三日持續至十月六日左右發生「八二三炮戰」（即大陸所稱「炮擊金門」）；此後，大陸至一九七九年初一直採取「單打雙不打」的方式對金門進行威脅。而今，隨著兩岸關係的緩和，金門地區得以減兵至數千人，開始從前線戰地向旅遊勝地的轉變了。

三 關於文化

如果你只會念書，大學就白上了！

教育統計學的芝君老師去香港中文大學交流訪問一週，回來時帶了盒特產茶餅分給我們每個學生。她說：「在港中大體驗到了大陸學生念書真的很用功、很刻苦，在圖書館真的是座無虛席。我問他們：『你們為什麼中午還在坐著看書呀？』那個同學說：『因為快考試了。』我問他們：『什麼時候考試？』——你們猜，他們怎麼說？」全班寂靜無聲。老師笑笑說：「是遙遠的一個月後！」

之後的課上，聽見前排同學互相議論，明顯覺得不滿：「大學又不是光念書的地方哎！」「天天學習，大學就白上了啊！」

我覺得，臺灣人把「及時行樂」當作人生的要義——他們享受排隊的樂趣、對熱愛的體育課一絲不苟、週五下課後就迫不及待地奔去公車站和家人團聚出遊，好像把娛樂當作一件正經的「功課」。他們常常八九個、十幾個人一起聚餐，餐前總是把今天的美食拍下來，又流行用長杆狀的「自拍神器」拍合影，幾乎每個人都咧嘴笑，然後將美食和自拍的照片post到Facebook上，好友紛紛點讚。相比之下，我認為大陸小孩的玩，多一分「心理負擔」，把玩當作學習累了的暫時性消遣，潛意識中也慣性地想在玩中得到學習、知識。

交換回來，一要好的高中朋友毫不留情地拋出這樣一個問題：「你去臺灣，學到了什麼東西？」這話的潛臺詞是：「臺灣學生不愛念書，總是跑出去玩，跟他們能學到什麼？」我想，我學到的東西，並不止於書本知識的獲取，還有臺灣課堂尊重獨立思考、開放百家爭鳴、鍛鍊報告演講能力下的軟能力。更有臺灣人及時行樂的生活態度，亦讓我放下壓力的包袱，提醒我回顧來路：人生不易，且行且珍惜。

師大學生聽講座的積極性很不高，但他們會非常重視大大小小所在的社團和志願工作。臺灣學生很忙——若要問他們忙什麼，我想絕大可能的回答是：「我社團有事，先走一步！」「今天××國小有活動，我要去當志工！」在講求「學以致用」的臺灣學生心中，大學除了上課學習，就是用來玩轉社團參加各種活動的，否則四年下來過得就沒有意義。因為「你沒有把僵死的知識用作實際有意義的事」。

開學初「百團大戰」中收穫的宣傳「戰利品」。

離開學正式上課還有五天的時候，日光大道上就敲鑼打鼓、擺起地攤上演了「百團大戰」。一個個社團門面前，宣傳的同學喜笑顏開站在邊上，爭先恐後地給參觀者塞宣傳卡片，「同學看一下喔」、「請關注我們喔」。我和同為交換生的居仁結伴來看，看到手語社，立刻想到上次討論過陳意涵在電影《聽說》裡扮演的手語女孩有多可愛。

宣傳人是一個高高瘦瘦的男生，幾個月後再看到他是在手語社活動的照片上，他愛撫著和一隻貓咪合影。他熱情給我們介紹手語社，比如舉辦為聾啞兒童合唱手語歌的活動計畫等。當居仁問「我是只來一學期的大陸交換生是否可以參加」時，他激動地說：「當然可以！歡迎喔！」後來認真地問，「為什麼想到要參加呢？」我說：「因為，喜歡陳意涵的《聽說》啊。」男生睜大眼睛，驚喜道：「真的嗎？好棒哦！」並做了一個「謝謝」的手語。

後來手語社真的如約辦了唱手語歌的活動。他們排成合唱的隊型，用大收音機放王心凌的《愛你》，配合著音樂做統一的手語姿勢，重複循環地在校園每個人群密集的場所都唱了一遍。後來我特殊教育系的朋友健原說，類似手語社這樣的社團、志願團隊多半是特教系的學生參與的。他們的專業學習手語，但單在課堂學習而不能和聾啞人交流的話，這樣的學習只是紙上談兵，不能幫助到他人。

健原是慈青社的成員，他在英語課上的演講上呼籲大家多關注孤寡老人、加入他們一起去福利院看望老人們。他們還會定期舉辦為國小、國中學生的「課輔」。所謂課輔，與家教不同，它是屬於公益事業、無償服務的範疇，對象是來自弱勢家庭的孩子。每次課輔時長兩小時，設在一間教室，由三位分別負責教語文、數學、英語的志願者哥哥姐姐，集中在一起教一個孩子。健原本人每週都會「雷打不動」地抽出一天的時間來做這些志工服務。

我另有一位國文系的好友柳厚勻。在我的印象裡，她真的好忙。她是個全心全意投入社團活動的人，從早到晚地排練街舞、給大一學弟妹指導動作，常常連三餐都不能定時定點、常是買便當坐在路邊解決。有時我和她在校園巧遇，她也是話沒

在國小志願授課的馬健原同學。

說完幾句就匆匆跑遠。事實上，她說，校園裡很多買了便當坐在路邊吃的同學，都是像她或是比她還要忙社團的人。

每次在地下食堂吃飯，總看見厚勻他們街舞社的同學，隨著dB超大的音樂大汗淋漓地練舞。她說：「他們大一的沒事都在這裡組織練，有時候忙得都不吃中餐……」我問：「你們大二的不練了？」她說：「大二的要教他們，他們練的時候我們都在旁邊陪他們練。」在街舞社公演的前夕，正好碰上期末考來臨，社團人忙得更「瘋」。他們排練舞蹈、佈置場地、在Facebook上宣傳拉票——每天都能看到街舞社公演倒計時的宣傳照片。臺灣人就是這樣非常重視團體共進共退的。

街舞社全校公演，中間為柳厚勻。

臺灣的教師節在九月二十八日孔子誕辰。教師節前夕的中午，我坐在樂智廣場吃著便當，很幸運地捕捉到一次快閃活動。先是一群穿著鮮豔T恤的男生女生有說有笑地走來，眾人目光倏地聚集；而後音樂響起，十幾人在廣場前圍成方陣開始跳舞，後面的人跳著加入；舞畢，排成三排，每人雙手舉過頭頂做桃心狀，大聲喊：「老師，我們愛你！」，眾人拍照；而後一哄而散，揮揮手朝四面走去，就當什麼事沒有發生一樣，廣場又恢復常態。

為慶祝教師節的快閃表演。

同時，也有很多臺灣的老師家長說，臺灣的學生總是把心思放在社團、志願上，耽誤了念書，有些不務正業。與其現在在街頭彈吉他募捐，不如在圖書館悶頭學習長知識，將來更能幫助需要幫助的人。在臺灣，你會看到，這樣的老師家長和學生之間的思想觀念的分野是很明顯的。但我覺得，從一個交換陸生的視角，我看到的更多是臺灣學生這些行為中積極的成分：臺灣大學生如此重視「踐行」「兼愛」的觀念，正是我們大陸的大學生所普遍缺乏的。

代際觀念的投射：正體字

我的國文老師是個竭力宣導大陸恢復繁體字書寫的學者。哦，不對，她反對我們稱之為「繁體字」，而應稱作「正體字」——因為這些更複雜的漢字寫法本是從古代一脈相承而來，不應該叫做「繁」體字和大陸一九四九年後新造的「簡」體字對應，這是對中國文化的不尊重。簡體字將這些珍貴的古漢字破壞了——磨損其美感，徒增其歧義。如蘇軾《滿江紅》中原文「早生華髮」、「雄姿英發」的「髮」、「發」本是不同的字，而簡化後則同為「發」，生澀而費解。

亓老師是個嚴肅的正體字研究學者，從她對待我們作業的態度可以看出。在每次上交的課堂心得中，她都會直接或間接地提醒我「多練正體字」。有時是直接寫下這樣的評語，有時是將我字裡行間中順筆寫下的簡體字毫不留情地一一圈出。有一次我寫的「与」（與）被她圈出來，並在底下寫到：「『与』字是借用的日本符號，根本不是中國漢字！」又一個「义」（義）被圈出來寫道：「孟子創『義』字為捨生取義之意，今被簡化，真是可悲！」

這讓我體會到她作為一個研究中國古文化的學者的悲哀惋惜之心的同時，也讓我本身覺得自家文化被別人橫加指責的難過。我想，簡體字，也是我們大陸人的文化呀！從上世紀中葉簡體字推行以來，今天的億萬民眾都用它作為文字傳播的媒介；如果作為中國人的大多數，書寫的並不是中國漢字，那難道只有臺灣才是真正保存中國傳統文化的土地嗎？從繁到簡，大多漢字保留間架結構的一致和完整，方正姿態又省略筆劃、易於提高書寫效率和與外國文字溝通轉換的簡體字，自有它問世和穩定存在的理由。又何必

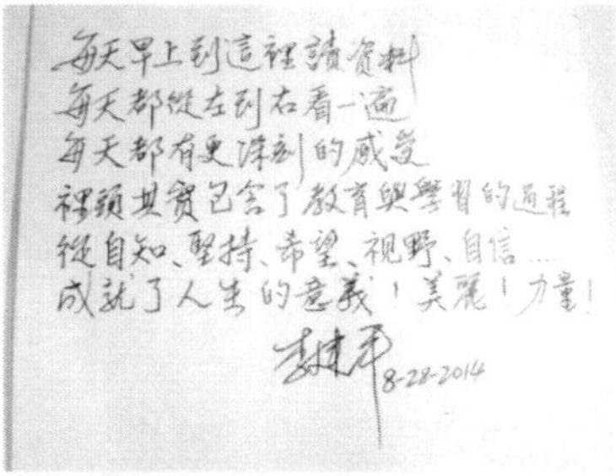

於美術展覽感想意見簿中看到的瀟灑、工整的正體字。

因為正體字的使用範圍頻率下降而喟歎中國文化的消亡？我認為，簡體重交流、效率，繁體重傳承、美感，二者各有優劣；更何況簡體字符合中國大陸的國情——若沒有簡化過的漢字，大陸的漢字普及速度恐怕要無期限滯後了吧。

也許是我作為交換生，對亓老師講的這些內容敏感而上心。我將和老師對漢字問題之「不可協調的矛盾」向同班同學傾訴，他們對此卻有截然不同的看法。他們或是發自內心地感慨，或是好心地寬慰我：「國文老師他們少年時期接受的教育和我們現在的根本不是一個概念啊！」「簡體字就是簡單好寫，我們現在很多時候為了方便會把筆劃多的字寫成簡體字呀！」事實上，我也聽一個段子調侃過：臺灣留學生不得不看懂簡體字，因為《生活大爆炸》中文翻譯劇組都是大陸留學生……

我走之前，和亓老師發了一封告別郵件。意想不到的，兩個小時後她竟回覆了長長一篇文字。這是國文老師寫給我關於中國文化、傳統的最後的敘述，我是真正受到了觸動：

「未來你們這一代，主導兩岸的，仍將操之於大陸。希望你們不要放棄傳統文化的菁華。正體字是傳統文化的菁華之一，每個漢字都能說出它背後的故事，這故事有的長達三千年！而簡體字則不行，它只是無意義的符號。等我們這一代都消失之後（那時兩岸大約也真正一體了吧！），大陸若不能恢復正體字，中國文化將面臨大危機！至少傳統文化的解釋權將落入日本人之手。（他們的漢字字型全依康熙字典！）這是我非常憂心的！你看現在的日式庭園、日式建築、柔道、茶道、花道、圍棋、相撲、能劇……那樣不是中國的？他們引以為豪的古都——京都，也是百分百模仿長安古城（只是縮小了）。但全世界都認為那是「日本」的！連中國人自己也不知道！年輕的你們只知「哈日」，更是一無所知！今天韓國國旗上的圖案根本是中國易經的八卦（也是中國傳統最早的文化符號），但年輕的一代除了「哈韓」，什麼都不知道！……希望年輕的你們能明白這一點，不要讓中國傳統的寶貝淪為政客們的鬥爭工具，最後讓別國人撿便宜！」

年長一輩的臺灣人是堅定支持保留正體字的；而年輕人更多地從實用方便的角度指出正體字的弊病。每個人都有擲地有聲的理由，而當我坐在機場讀著亓老師給我的回信時，分明地感覺一絲共鳴的惋惜。如今的我，心裡由衷地感謝國文老師，在臺期間，她非常鄭重地希望我熟悉正體字；而今的我仍舊可以熟練地提筆書寫它們。看著那些筆劃複雜但精妙只可意會的正體字，我感慨萬千：它們就是傳統文化的菁華，無可取代，無可複製。

另外，關於拼寫符號和打字輸入法，大陸普及使用中文拼音，而臺灣人卻是不懂國際拼音的——他們從小學的是「注音符號」。可惜的是我在臺灣沒有過學寫它們的體驗。注音符號，是民國二十四年國民政府推行的統一語言規範，並被臺灣沿用至今。如：ㄅ、ㄎ、ㄈ、ㄉ、ㄚ、ㄛ，多由古代象形文字修改而成，分別代表不同的音：b、k、f、d、a、o。

老子翻譯為「Lao Tzu」，循舊時發音。

注音相互組合成字，如ㄐ（j）和ㄧㄚ（ya）合成「加」（ㄐㄧㄚ）。其規律和中文拼音不同，如一個「呵屋阿」拼不出一個「花」字。注音輸入法對我們來講類似於五筆字型，需要時常用，才能熟悉字母對應的注音符號；對臺灣人雖然熟悉，但在拼寫速度上稍慢，不及中文拼音。瞭解了注音符號，我們就可以解釋臺灣很多英文翻譯的問題。剛來臺北會困惑，為何「臺北」翻譯為「Taipei」，「臺中」翻譯為「Taichung」。其實這是在一九五八年中文拼音發明之前根據發音規則創出的詞彙。後來民進黨、國民黨執政期間都推行國際通用拼音，與國際接軌。但現在的臺灣地名、路標以及學生證、護照上的名字拼寫仍保留舊時拼寫，如「淡水」為「Tamsui」，「蔣介石」為「Chiang Kai-shak」。英文老師告訴我，這是尊重傳統、保存古音的做法，舊時發音如此，不作改動。如今這些拼寫規則，在臺灣和正體字一樣受到普遍的爭辯。

從誠品到金石堂

從誠品到金石堂有多遠？只是街頭和街尾的距離。位於西門町和臺北車站之間有一條書店街，誠品書店、三民書局、金石堂書店、各種二手打折書店都在此設有分店。臺北的書店數量之多、聚集之密、店內愛書人之多，讓我著實領略到臺北文藝的氣息。

臺大誠品店。

臺灣流行一種說法：「若說臺北一〇一大樓是臺北的地理座標，那麼誠品書店，便是臺北的文化座標。」來臺灣前我就做了把誠品幾大分店逛一遍的計畫。還有很多人，想來臺灣就單為逛一次誠品。

作為臺北的城市精髓，誠品帶動了臺北的整體文化提升，引起了轟動的「誠品現象」。誠品市府店是最著名的一家分店，位於信義區，在臺北一〇一附近，店內光線暖黃、設實木地板，有長椅供讀者看書，還有餘音繞梁的古典輕音樂，極具小資情調。另有敦南總店，二十四小時不打烊；還有給學生八折優惠的臺大店，一家開在校外，一家開在校內；在熱鬧的士林夜市和西門町商圈的分店也各具自家特色……臺北儼然已被打造成「誠品王國」。

在誠品書店裡，一眼就看到擺放著的《甄嬛傳》全集等大陸暢銷書，還看到余華、莫言、魯迅的嚴肅文學以封面朝前放在顯眼的位置。本以為臺灣書店應該都是臺灣出版的書籍拔頭籌，後來同學說，《甄嬛傳》在臺灣火爆了，很多武俠、

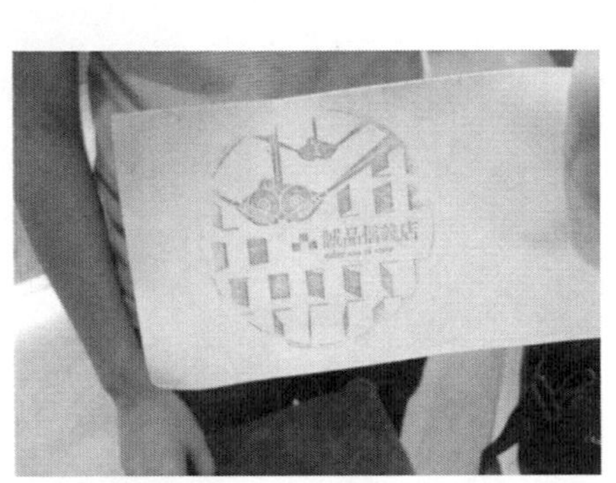

紀念印章是誠品一大文化品牌。

宮廷小說都是大陸的受歡迎，臺灣並沒有人寫這個。翻開一本小說，密密麻麻的繁體字，從右到左翻頁，豎排排版，很彆扭地看下一排，先在腦中處理轉換成橫排簡體，再明白說的意思，明顯看書的速度慢了半拍。做慣了招待大陸交換生志願工作的孟儒教我：剛看豎版書時，用一把尺對準一排，看一排移動一排，久而久之就習慣豎排書的閱讀了。

誠品走過，來到金石堂。相比誠品，它在臺灣的覆蓋面更廣，共有九十一家分店，是全臺最大型連鎖書店。金石堂的店名取意於「精誠所至，金石為開」，英文翻譯為「Kingstone Bookstore」，英文讀音和中文音快讀起來相像，是非常用心取的名字。

第一次去金石堂，是十分偶然的機會。我在地下一層的頂好超市買完東西出來，看見對面有一小書店就進去了。麻雀雖小，五臟俱全。書店裡什麼都賣，還有文具、玩偶、肥皂、香油……當我拿著一

臺大誠品店外景。

支彩色螢光筆，心想著「來了臺灣這麼多書店還沒去過一次金石堂」時，仔細一看筆上的條碼，正印著「金石堂書局」五字。真是吃了一驚：這麼巧呀！但是金石堂這麼「大牌」的書店就這麼隱姓埋名地藏在地下，門口竟沒有標牌什麼的，也太低調！

金石堂書店貌似就是主打這樣的低調風格。後來專門拜訪位於汀州路的金石堂總店，標牌依舊小小的，不喜張揚。它成立於一九八三年，位於書店街的街口，包含三層區域是一片複合式文化廣場，連同服裝、餐飲的經營。其周邊保存了民國時期商店建築的原貌，灰白水泥砌牆、拱形門，有一走廊懸復古西式油燈。若將照片中間那輛「小黃」換做黃包車，將右側大樓的議員宣傳畫抹去，整體看來頗有張愛玲筆下的戰火飛揚中的上海灘的

臺北汀州路總店。

模樣。

誠品和金石堂的共同特色在於，它們都會在進門顯眼位置設置「每週暢銷書榜」，按文學、自傳、紀實等體裁分類，以銷售數第一至第二十位排位。此外，臺灣注重作者的智慧財產權，故而書很貴。我在師大書苑買的兩本四五百頁的教科書，打九折下來分別是五百六十元臺幣和六百元臺幣。同學笑侃，一旦買了教科書，那個星期就該省吃儉用存存錢了。難怪社會學老師手捧《臺灣社會與社會學》教科書叫大家購買的時候，大家都瞬間露出一副張大嘴巴、皺眉為難的表情。正因臺灣書貴，所以臺灣的二手書店也多，多半聚集在學校附近。二手書店的折扣打得很大，從半價到一兩折不等。此外，臺灣還有專賣簡體字書的大陸書店，書籍按書背面定價的

專賣簡體書的大陸書店。

六倍左右計價。

位於繁華商業區忠孝敦化的附近小巷子裡，有一家「好樣本事」書店，據說是全世界最美的書店。我在一天傍晚慕名而去，只見它安靜隱秘於滿座賓客的咖啡館旁，走進店內有三兩顧客，放著英文抒情音樂，店主背著身看電腦，整體格局是一副與世無爭的模樣。聽人評說，這家店的書籍、商品的位置佈局都是店主精心擺放的，其間的老式打字機、轉盤電話、印刷用字以及門前的老式自行車集體營造復古情緒，重點展示的書籍也全憑店主喜好。

在臺北，我不知不覺感染上懷舊的文藝情結。走在街上，突然下起小雨，隨

好樣本事書店。

意就近找個書店躲雨；或在二手書店的地下一層坐在長椅看書，一坐就是一下午，旁邊空無一人，彷彿融化世界，只剩我一人。臺北沒有摩登大廈，不如北上廣來得有魄力、夠氣派，但它給我心得以安棲。它是我的精神家園。

臺北市民意識

1.慈善順手捐

臺北市連鎖商店使用統一發票，現金付款都要給發票，刷卡結算則請示顧客是否需要。這些發票根據每張票頭的統一編號每兩個月抽獎一次，獎金從二百元至千萬元不等。若不需要發票也可隨手投在街頭的「發票捐款箱」內，其回收中獎的錢用於公益事業。在臺北各個透明發票捐款箱中，清一色的發票堆疊成山，你可以在路上時不時看到路人將手中的發票

臺北街頭到處放著這樣的發票捐款箱。

投入其中，因而該現象被稱作「發票順手捐」。

國文課的小組演講，我們小組經所有同學投票選為講得最精彩的一組，因而贏得老師獎勵的二千元臺幣，六人平分後還剩二十塊，Lucy提議捐給路邊的慈善箱，眾人紛紛回應。

一次在西門町逛街，看到某店門前圍滿了人，近看是一群坐著彈吉他唱歌的學生。他們前方有一募款箱，唱完一曲學生齊聲喊：「請幫助貧困兒童。」在臺灣到處可以看到這些善良真誠的年輕人，他們將興趣愛好和慈善公益巧妙地結合，這樣的形式是大陸高校可以借鑒的。

為西門町店門前為慈善募捐表演的學生。

2. 垃圾不落地

在臺北街頭，不會輕易看到垃圾箱的蹤影。這並不是誇張和盲目讚美，就算你「故意找茬」地在臺北街頭尋找垃圾的蹤影，我想你總會一無所獲。臺北市有一條環保硬性規定：家庭、商店等垃圾要在每個街區的各個不同時段，等待垃圾車來統一扔掉。

大安福州路上的垃圾車在晚九點十分光顧。每晚這個時候，必定準時聽見樓下傳來《致愛麗絲》的音樂旋律，那是垃圾車放的提醒音樂。臺北市垃圾回收還要用「臺北市專用垃圾袋」來裝，在各個便利店可以買到不同規格大小的專用垃圾袋。

想想每次倒垃圾的場景很是幽默，每次提早三分鐘來已有七八個人在等，各自拎著大小各異的「臺北市專用垃圾袋」安安靜靜等待，隨著音樂旋律響起垃圾車開來，路旁的我們跑上去將手中垃圾袋奮力朝車後箱一扔，人雖多也保持著先後次序，扔完的各自散去，每個人依舊安安靜靜的。

3. MRT百態

關於在捷運發生的事情，有很多是體現市民意識的。初來臺北時看到，不管乘手扶梯還是走樓梯，大家都是靠右，左邊空著讓出一條道。後來在網上看到總結臺北人習慣時看到一條「搭手扶梯一定靠右」的時候覺得深有體會。自動讓出的左邊通道是給急著趕路的人用的，在早上的通勤高峰期就能體會這點。而在等待捷運的路口旁，每個車廂門門口都劃一通道口，等車的人都自覺排隊；就是一個人站著等也是站在通道裡等。車來後，眾人等下車的人全部下車後再不疾不徐地上車。

這樣的情形和在西安乘地鐵人擠人的狀況大不一樣。人流量大的都市，地鐵已經成了壓抑混沌、令人窒息又不得不每天需要的場所。我覺得，如果在地鐵等待區域劃上一條上車等待通道，多請一些志願者來管理，情況應該會改善很多。

在臺北捷運有很苛刻的要求，是乘客進了捷運站便不能吃東西，甚至不能喝水，如果做了會被罰錢。和很多臺灣同學搭捷運時，總會說到有時沒吃早飯肚子餓，趕著搭上了捷運還是不能吃，這樣很不人性化；而如果吃了，周圍的人也許會主動出來加以制止。也許是臺灣人特別守規則，且政府設定違規的罰金非常高的原因，使得違規的現象很少見。我搭捷運時就沒有看到吃東西喝水的人，儘管很多人都覺得這樣的規定並不太合理。

另一有爭議的現象就是臺北捷運每個車廂中設的兩個「博愛座」——用深藍色區別普通座位的淡藍色，這樣的博愛座是專供老弱病殘者專用的。這樣的博愛座是「臺北人的象徵愛心尊敬的驕傲」；常常在人滿為患的車廂裡，博愛座周圍擠著一群人但不會有人去坐——如果是年輕人坐下去，會引來周圍人或奇怪或責備的眼光。這樣的體驗在網上被好幾個年輕人說過。一個年輕女孩在Facebook上訴說自己的遭遇引起廣泛熱議：因為有天，她身體不舒服而坐上博愛座，被周圍大叔阿姨斥責：「你還要坐多久啊？」關於博愛座，Facebook上有人指出的一點是我贊同的：與其是發自心扉的尊老，更像是一種形式的禮貌；對於那些有隱形不適而需要座位的人，這些博愛座的存設並不關愛他們嗎？

4.知行合一的志工

臺灣學生讓我欽佩的地方，在於他們知行合一。他們寧可在課堂不聽課，也不願在課堂上學到的東西沒有運用實際的機會。健原同學提倡環保，我們在一起吃便當時他會拿出自帶飯盒和筷子，儘量不用免洗餐具；在小餐館吃飯，來了一位拄著拐杖的老爺爺，孟儒二話不說過去攙扶、遞上菜單說：「爺爺你吃什麼，我幫你點。」

看這些忙社團、搞志工的臺灣學生，我覺得他們最大的特點即能將認識到的理念完好、不打折扣地踐行。看見社會上需要幫助的人，便想著用自己的閒暇時間做些事情；想到一些很好的理念想法，就會組織一群人在校園裡宣傳，想喚起更多人的熱情；他們不會多說什麼，也不會背倫理綱常的大道理，但他們想到就去做，做好了，也就獲得了內心最大的快樂。

九合一選舉——藍綠灰之爭

我將我經歷的臺北十一月稱為「競選月」。因為十一月末是臺灣所有市長、縣市長及議員、鄉鎮里長選舉的日子，這一階段的各候選人拉票、籠絡人心的劇碼上演到白熱化階段。

「九合一選舉」，即臺灣公職人員選舉，於二〇一四年十一月二十九日這天由民眾投票決定。投票結果為，在六名市長和十六名縣市長中，國民黨籍人士獲六席，民進黨籍人士獲十三席，還有無黨籍人士獲得三席。臺北市和新北市市長分別為無黨籍的柯文哲和國民黨籍的朱立倫。二〇一四年競選，國民黨遭遇到前所未有的挫折，失掉原先一半江山，元氣大傷。

民眾之間的說法，稱國民黨為「藍營」，民進黨為「綠營」，無黨籍人士則為「灰」。這次競選剛完後的那週，同學碰面互打招呼時順便說一句：「一片綠啊！」「藍的輸慘了！」很有股市開盤後的週一，股民互說「紅了還是綠了」的情形。用色彩象徵，生動形象，我索性稱這場競選為「藍綠灰之爭」。

說說競選前夕上演的拉票戲碼。有些候選人真是準備充足，早在競選兩個月前就開始拉贊助做廣告宣傳。在大街上隨處可見「請支持×號議員」「請投票給×××市長候選人」等大幅標語，可見背後的大財團、商家很有勢力。

在離投票還有兩個星期時，大街上頻繁出現車身貼滿候選者名字和照片的敞篷車，一個人站在車中揮動旗子引人注目，喇叭中放候選人的原聲錄音：「各位父老，各位鄉親，請支持我，我是××號！」一遍國語一遍臺語。路口處常有某位候選人的支持者穿統一印有其名字的制服，用擴音器激動地喊：「支持×××！」一邊散發傳單。極像是大超市裡促銷櫃檯的情景。有次我收到對方給我的一次性口罩，包裝上印有候選議員的西裝照片和他的競選口號：「用選票肯定認真的人。」競選戲碼花樣百出，令

選舉期間到處都是宣傳物品。

我這個外地人感覺有如過節般熱鬧，充滿喜慶。

又有一次在士林夜市閒逛，看到一群人圍著一個候選議員，聽他用擴音器大聲講他想對臺北市做的改變。說罷群眾中有人舉起臂膀握緊拳頭大聲叫好，有人鼓掌支持，候選人和為他舉長旗的同伴深深一鞠躬，人群散去，他們趕向另一個街口繼續同樣的演講宣揚。

十一月中旬去臺中

臺中東海夜市的宣傳卡車。

玩時，在街頭也是看到眾多宣傳廣告幅。臺中街頭人很少，雖然整齊乾淨卻沒有太多綠化；沒有臺北的捷運，卻有除了普通公交以外的快速公交。在街頭的宣傳幅上，一個競選人的臺詞就是：「我們要MRT（捷運地鐵），不要BRT（快捷巴士）。」著實是很有雄心壯志的一句。

我問臺灣同學關於臺灣選舉領導人的看法。他們較客觀地告訴我：「民主是很好的，因為它保證了每個個體發聲的權利；然而臺灣目前的民主選舉過度化了，比如街頭遊行、大喇叭喊話，在晚上會打擾居民正常作息。」

先不論結果的民主，程序上的民主在臺灣體現到極致。臺灣人一直以「我們自己選市長議員」自豪，他們也在日常生活中表現對競選進程的持續關注。我常常在街上無意聽見兩三人談論某一候選者的政策主張，也有關心者關注候選人的生活習慣和性格等對此褒貶一二。曾在公車上不止一次聽到人們的議論。「××人，因為是某人的兒子，家裡有背景；但他這個人……做的那些事，還說請大家原諒自己『年少無知』。你說，都四十歲的人了，還『年少無知』嗎？」「如果他是我的兒子，早把他趕出家門了……」

每個城市和地域都有自己茶餘飯後常聊的話題。就像北京人常談「主席又去哪訪問了？」上海人常說「我家股票又賺了多少錢」成都人常說「麻婆豆腐和賴水餃更哪個好吃？」，臺灣人總說「這個議員和那個議員，你更看好哪個？」「新上的市長有什麼主張？」一句話，就能看出一個地域的性格和特點。

在離競選還有一個多星期時，出現了最有望成為臺北市長的兩人——柯文哲和連勝文。柯文哲是臺大醫院的醫師，無黨籍人士，因為是Professor（博士），支持者親切地稱其為「柯P」；連勝文是連戰的兒子，國民黨籍，人脈基礎眾多。教育行政課的小乃老師跟我們說：「你們猜是柯P贏還是連勝文贏？柯P雖然年輕人支持他多，但畢竟沒有大財團支持；連勝文他老爸厲害，一定會想辦法的。」他雖支持柯P當選，但又無奈地搖搖手，「相信我，應該是連勝文勝啦——他輸不起的啦。」

事實還是柯文哲大勝連勝文。十一月二十九日週六這天，全民投票選市長的日子，最要緊的事情就是投票，很多私家經營的商店閉門，學校圖書館閉館一日，街口的小攤子也不出攤。大家將選票舉在手中，拍照傳在網上，表示自己由衷的當家作主的開心。（此舉違法選舉罷免法）

在競選一週前，我被日本朋友可椰子拉去參加支持柯文哲的萬人遊行。這天的自由廣場被寫滿「支持柯文哲」字樣的標語和彩旗佔據。有花車上擺著一〇一大樓模型、松山機場模型道具藉以形象表達柯文哲的政策主張；一群群支持隊伍以職業命名為「教師支持隊」「臺大醫院支持隊」，還有由女性組成的隊伍稱「婦女支持團」；不少年輕夫婦推著嬰兒車、抱著牙牙學語的兒童走在隊伍中；一排支持柯文哲的「小黃」計程車司機自發開在隊伍末尾給人群「保駕護航」。可椰子也是難得一見這樣的場景，她笑著說：「像不像看迪士尼樂園的遊行呀？臺灣的競選就跟玩的一樣。」

上：人山人海的自由廣場。
下：臺灣選舉景象。

年輕一代的固守與危機

在臺灣交換期間聽的十幾場講座中，印象極深、觸動頗大的有兩場。這兩場講座，令我深入地瞭解現今臺灣人的固守意識和危機意識。

1.二十一世紀職涯挑戰

這一場講座是由臺灣大學舉辦。講者是臺灣某知名商業CEO（具體記不得名字了），主持老師一個勁在一旁說「榮幸」，感謝講者又一次抽空給我們做講座。講者先生很和藹，但講座內容卻很犀利。他一針見血地提出觀點：臺灣開始進入十年半衰期。三四十年前的臺灣經濟飛速發展，曾是「亞洲四小龍」之一；而今進入發展瓶頸階段：民眾生活富足，開始產生「小確幸」，躺在舒適圈中不願看看外面的世界。這些內容，是平日從未有人同我說的。

他認為臺灣年輕人多半的奮鬥、努力只是為了自己個人的未來和前途，而不考慮到對臺灣的貢獻出力。他表達對年輕一代未來的憂慮：「若以這樣的形勢發展，你們這一代年輕人在中青年時代很可能面臨大範圍的失業，想要一輩子死守一個職位、一個公司的人要開始樹立終身學習的觀念，因為未來就業的趨勢是公司會隨時垮掉、工作崗位會隨時變動，你要為自己創造價值才能在職場中立於不敗之地。」

期間的討論時間，我和坐在我右邊的女士交談，她是講者的朋友，久居美國剛回臺灣。「臺灣年輕人很安於現狀嗎？」我問。「我認為是。」女士深深點點頭，

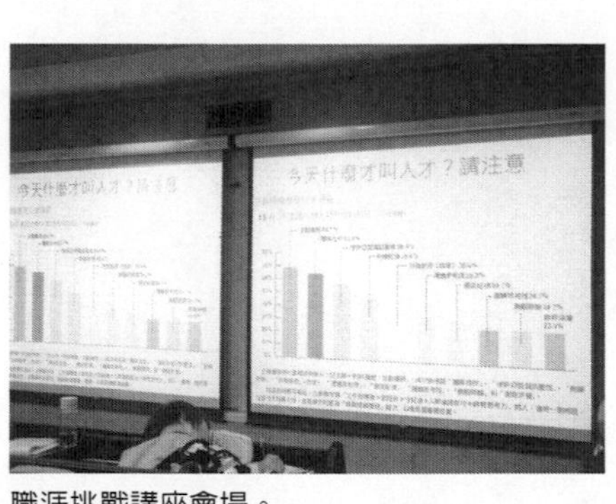

職涯挑戰講座會場。

「臺灣學生上進心不夠，玩呀吃呀這些是重心。很多人就是活在當下這樣一種心態，一句話說就是——很少考慮明天要做什麼。」

關於「面向世界」的問題，講者說：「臺灣年輕人大多不願出國留學，固守在本地只會讓視野短淺。臺大人就像椰子樹，只是一味讓自己長高，卻想不到為別人遮陰。」

我看到誠品書店裡的「出國留學」專欄裡熱門書籍往往是大陸的各個留學輔導書的繁體版；每每和同學提到未來的規劃，大多是計畫仍在臺灣念研究所、在臺北找個好工作、將來賺更多錢吃遍美食。在臺灣，想要出國讀研的氛圍遠不及我在中國的朋友濃厚。還有個臺灣同學，從小到大沒有出過臺灣島，竟以為青島在日本。我問好友小馬：「你就打算一輩子待在臺灣了嗎？」答曰：「是呀。不過可能會出去旅遊。但是臺灣多麼好呀……」我甚至聽一個臺大老師做講座時說：「你們花錢去國外旅遊，倒不如去墾丁、去高雄；拉動國內的經濟，不要給競爭對手賺錢。」臺灣人愛臺灣、依戀臺灣，但對外界的拒絕、排斥有時也是武斷了。

2.臺灣「志氣」巡迴演講

「臺灣學生的志氣去哪裡了？」主持人問。「在這裡！」觀眾揮舞著「志氣牌」回答道。這場巡迴演講是在師大禮堂舉行，中午時分我正坐在露天木椅上吃便當，恰巧碰到又慈，她說：「你去參加志氣講座嗎？快開始了！」看見禮堂門口圍著簽到的人，我快速吃完便當隨她去聽了這場精彩講座。

在開頭的選片裡，放了周杰倫、桂綸鎂等藝人、在美國ＭＩＴ念書、工作的高材生等人奮鬥成名的簡介，呼籲臺灣人心懷志氣地奮鬥努力，期間我右邊的兩個女生抹起了眼淚。一個臺灣的ＩＯＨ（創新開放平臺）的創辦人做了一部分演講說，其ＩＯＨ公益平臺創辦的目的是說明在海外的臺灣留學生和預備出國留學的臺灣學生以經驗的幫助。他說如今臺灣學生在美國讀書者人數減少，在美國念書完多半留美工作而無法回臺灣，比如臺灣缺乏必要的硬體設施讓學生在美學習的先進技術得以實施。

他說：「有人說可以去大陸發展工作，比如去北京、上海。我想：臺大學生是兩千萬人挑四千個；北大學生是十三億裡挑四千個——你拿什麼跟人家比呀！」這句話如今猶震震在耳，是我在臺灣聽過罕有的極具「危機意識」的一句話。平日和人交談，無一不讚美「第一學府」臺大的強悍、師大培育了臺灣各級各類學校校長的獨樹一幟，鮮有人以批判的眼光看待。臺灣人很少和外界對視、比較，彷彿身處桃花源中，良田自給、屋舍儼然、男女老少自得其樂。而我在臺灣做客與人接觸，更多的人問我：「你對臺灣有什麼印象？」「去過臺灣哪些地方玩？」很少人主動問我「大陸什麼樣子，有什麼好玩的地方」這樣的問題。

在臺灣，老一輩和年輕一代的人群中的政治觀念有很深的隔閡之處。老一代

志氣巡迴演講的熱血現場。

從小被教育的就是自己「從大陸遷來臺灣」的流亡命運和「反攻大陸」的國民目標，這與和我年齡相仿的同輩「淡泊」觀念中的「土生土長的臺灣人」截然對立。這種對立在國文課上深刻地體現了，同時因為老師本人的對大陸人固有的一種「不待見」，讓我這個大陸交換生時常處於近似尷尬甚而至於憤懣的境地。

小馬問我，為什麼從沿海跑去大西北去念書啊，那裡是不是都是沙漠沒有什麼高樓大廈。我說我大學在的城市西安，到處都是高樓大廈啊。他驚訝地問我坐車從學校到家要多久，我故作輕鬆地擺擺手說：「坐火車大概二十個小時吧。」朋友正喝水，聽到我這一句差點噴出來，叫道：「二十個小時！屁股都要坐爛了啦！從高雄到臺北坐高鐵也不過二小時啊。」我說：「我們那的火車是有床位可以睡的……」

我想，就在我與人交往的過程中，認為臺灣人，總是在用想像考慮問題，他們總是將本土的環境情況機械地搬運到其他地區，比如說我們大陸沒有普選沒有人人自選市長領導人的權利，這些都是偏頗的。因為臺灣人很少去大陸旅遊，他們的印象裡也是「大陸應該沒什麼好玩的地方吧」「好玩的地方臺灣都有：夏天去高雄墾丁海濱度假，冬天來臺北看雨，吃喝玩樂在夜市，還有這麼多國家森林公園可以光顧……」。十二月裡，和一個同學談到我家鄉揚州正下雪的情景，她說好棒啊，我問：「臺灣會下雪嗎？」她愣了一兩秒說：「有啊，當然，在玉山山頂上！」這句話被我當作是她在開玩笑，但看她一本正經的樣子好像是在當真。

「其他地方有的，我們臺灣都不缺！」這是與臺灣人接觸時我對他們本土自豪感的感覺。其實我也可以說「建議你們來大陸的珠穆朗瑪峰看雪」這樣的回話，但覺太嗆人也就算了。臺灣人的固守意識就是這樣深重。

其實我還覺得，香港和臺灣，在爭取進步中喜歡遊行喊口號的同時，難道不應該腳踏實地一些嗎？否則一切都是浮於表面的空談。比如學生，上課不要玩手機、睡覺，不要搶著坐最後幾排老師看不見的位置，週末不必搶火車票回家而在圖書館踏踏實實看幾頁書。看見大陸學生在網上寫的評論：「晚上十一點路過清華園，實驗室和自習室還是燈火通明。我們的學生正在努力地追求自己的夢想和未來，相信日後的中國會因為年輕人更加自由富強。而不是像香港路面終日無所事事的那些年輕人，沉浸在過往的輝煌裡，看不到未來的路在哪裡。」臺灣學生的熱愛公益和社團工作的樂天態度確實值得學習，但我同時也看到這一狀態下，他們所處的另一面危機。

擁抱性別・認同差異

臺北人動不動就喜歡遊行。是民主自由風氣促成，也是性格裡偏愛群聚、合作共事的因素使然，大街時常進行車輛管制以利遊行隊伍順利通行。從中正紀念堂前的自由廣場，經過凱達格蘭大道，到重慶南路是遊行最密集頻繁的路線。

早在一個星期前就看到Facebook上的宣傳：十月二十五日是一年一度、亞洲規模最大的臺灣同性戀遊行日。從二〇〇三年首辦，每次設置一個主題，今年是第十二屆，主題是「擁抱性/別・認同差異」。（關於「擁抱性/別」中的「性/別」為何要加斜杠號的問題，駿紘解釋說臺灣將此作為「性和性別」的合稱；如若單指男女性別則不加斜杠號。）臺灣同性戀遊行又稱LGBT遊行，LGBT是女同性戀者（Lesbian）、男同性戀者（Gay）、雙性戀者（Bisexual）與跨性別者（Transgender）的英文首字母縮略詞，即遊行者的範圍除同性戀還有雙性戀、跨性別、性工作者、病毒感染者等。

這天下午兩點，我騎著U-bike到達凱達格蘭大道，老遠就聽到dB超大的卡車上的音樂響起，看到六色旗飄揚了起來，路口站著同一印有「LGBT」字樣T恤的人群。我停下車，兩個男人挽著手走過我身邊，飄來一陣濃重的香水味道，也是醉得不行。

路旁搭著一個個帳篷宣傳不同主題，第一個帳篷擺放各種支持同性戀的小說、自傳，其中有白先勇以同性戀為主題的作品；第二個帳篷是支持女性發聲和女同性戀者的主題。感覺在這個時候、這個場景，所有平日作為偏差者、邊緣人形象的

LGBT遊行。

人，都穿著鮮豔的衣服、高舉六色旗，走出陰霾，以陽光、健康的面貌出現，笑容滿面地直視我的鏡頭。

遊行大道上還有很多盛裝打扮、和參與者合影的人，看到很多歐美面孔和一批批組團穿統一T恤的日本人。後來看到維基百科上的更新：本次超過六・五萬人參與遊行，許多演藝圈人士（如藍心湄、卓文萱、張婷婷等）也親自參與遊行，部分臺灣政治人物也在Facebook上表態支持（如蔡英文、蘇貞昌等）。

臺灣同性戀遊行的影響很廣，擴散到課堂中、講座中和日常生活的談話裡。在社會學課堂上，美文老師以同性戀群體為例對「偏差行為」做了分析。我由此瞭解到，同性戀被視為「偏差行為」，從衝突論角度看，是擁有相同利益的大多數人

這一天，同性戀者直面鏡頭與陽光。

對少數與其利益衝突者的定罪；又從標籤論角度看，一個人一旦被社會貼上「同性戀者」標籤，他/她的認知便會開始修正自身行為，使自己更像一個「同性戀者」，以符合社會對其的期待。然而，現代社會對於這少數人的定罪和標籤已然減少、減輕。一九七三年，美國精神醫學學會把同性戀從精神疾病的診斷列表中去除；二〇一五年，美國確立同性戀婚姻合法化；世界各國興起的同性戀遊行參與者眾，得到各界人士的廣泛支持。我贊同這樣的說法：臺北是對待同性戀現象最為寬容的城市——臺北多元性的文化格局，造就市民對新異事物的接受力較高。

同性戀議題在臺灣一直是備受爭議和關注的。之後我和同學參加了臺師大英語系主辦的英語演講比賽，主題為「Voice」，我就提議將我們的演講題目定為「Voice for Homosexuality」。在最後的定稿裡，以白先勇《孽子》小說開頭引出話題，接著講三島由紀夫的小說以同性戀為主題的例證、《斷背山》、《費城故事》、《霸王別姬》等電影，最後敘述了我本次在臺北ＬＧＢＴ遊行的所見所感。

西門町明星璀璨

西門町是臺北一處精彩的文化商圈，聽名稱就可知道其來源於日據時代；當時的居民大多居住於臺北城內，而西門區就是他們的休憩場所。西門紅樓、刺青街、電影街、KTV廣場、萬國百貨、誠品書店和沿步行街各式的精品小店都可以在西門町看到。

起初以有戲院表演舞臺得名的西門町，如今依舊保留著一處西門紅樓作表演

人頭攢動的西門町。

戲曲、舞臺劇、相聲等文藝演出之用。西門紅樓舊稱八角堂，紅磚洋式八角形建築，最獨特之處在於其每立面八米。創於一九〇八年的紅樓至今逾百年歷史，如今依然煥發活力。在以紅樓為中心的附近一塊區域，如今以官辦民營的方式委由民間經營，樓內多舉辦文藝活動，節日時開展Party，外擺設許多露天賣特色的小工藝品店，成為知名的藝文表演場所和創意市集。

西門紅樓。

而西門町徒步區成放射狀延伸，在處於放射端的中心地段，週末常有明星來此舉辦簽唱會，專輯發布會。我在交換期間就有許多明星來過，蔡依林，辰亦儒，周杰倫，炎亞綸等。因此，西門町也被人們冠以「明星薈萃廣場」之名。

有一次獨自在西門町逛，便巧遇辰亦儒在簽唱會上唱歌。雖然以前對此人並不熟悉，只知道是臺灣偶像團體飛輪海的成員而已，但第一次近距離看見明星還是感覺很不錯。九月末，他在唱新專輯主打歌《還在夏天呢》，我擠在人群中間，周圍充斥著女粉絲的激動歡呼聲。「還在夏天呢，你看朋友在這；幹嘛不快樂，人生就該及時行樂。」我想臺北人的人生觀和價值觀，確實很像歌中唱的這樣啊。玩樂，是臺灣人的積極人生態度和價值觀。

我旁邊一個三四十歲左右的阿姨，打扮得很「女生」，激動跟我攀談。「他真的好帥噢！」她雙手捧在胸前，洋溢著少女的憧憬神情感歎。「嗯……」我回道。「他的眼睛會放電哦！真的！」「是的吧……」再次回答，沒啥好說的。「你臉紅了耶！」「沒有啦……」

後來是現場專輯簽名的環節，幾乎都是女生上去，要簽名、合照，各種擺愛心、V手的姿勢，這個環節就持續了三個小時。阿姨仍舊拉著我大談各種當紅明星，明顯是個追星族啊！我說我要早走了，明天還要上課呢。阿姨說：「阿對了，我明天還要上班呢。」她說自己住在新店，為了辰亦儒特地趕來西門町看他的，搭捷運回去要接近一小時呢。

走在西門町步行街上，還會遇到很多街頭藝人表演。有一對殘疾夫妻表演豎琴，曲風婉轉略帶哀傷，惹來路人駐足靜靜聆聽。還有一個黑人歌手，每天晚上都來邊彈吉他邊翻唱歐美流行音樂，通過賣專輯謀生。另有一個四個男生組成的組合表演街舞、雜技，引來聲聲叫好。繁華處有艱辛。在如此熱鬧的西門町，這樣忙碌辛苦賣藝的身影隨處可見。

賣藝的街舞男生。

辰亦儒簽唱會。

關於信仰——由光復節遊行想到的

一九四五年十月二十五日，臺灣光復日。二〇一四年這天是六十九周年慶。本是要湊湊同性戀遊行熱鬧的我，正好撞見光復節遊行的隊伍。

先是看到一條長龍，舉著五顏六色的長旗、敲鑼打鼓地向前行進。當我騎行到遊行隊伍行進的青島路，看到寫著「慶祝臺灣光復節六十九年」的大牌坊聳立著，隊伍緩慢通過牌坊。此遊行分成幾十個小段，不同段的人穿不同的制服以便識別，每個段舉著長條旗子揮舞或是手拿銅鑼敲打。較有特色的分段搬出了佛像紙人、大顆仙桃、土地公等仙佛道具，貼著「佛祖保佑臺灣」字樣的紙條，又見穿著時尚靚麗的年輕男女推著供奉佛龕的車。這個活動又叫「眾神佑臺灣，哪吒慶光復」，意為要在臺灣光復六十九周年這天請上六十九尊哪吒神像和電音三太子遊行以表慶祝，同時向為光復臺灣而犧牲的烈士致以敬意。

這般場景令我大惑不解：這樣的慶祝雖然熱鬧，怎麼有些迷信呢？隊長跟我解釋，臺灣人大多有所信仰，相信風水命理。二千三百萬臺灣人中，佛教信徒約一千二百萬人，基督教信徒約五百萬人，其他則屬其他教信徒和無神論者。

在臺北街頭，不用多加注意就看見街頭巷尾供奉神像的燒香殿廟。艋舺的龍山寺和大稻埕的阿霞寺是臺北最古老的寺廟。這些寺廟大多會把道教、佛教、儒教摻雜混合，所以信仰者一般無法明確地界

慶祝臺灣光復六十九周年慶。

定是信其中的哪一教派。駿紘跟我說，逢年過節，寺廟裡人山人海，到大年初一搶頭香時眾人更像賽跑一般衝過門檻，相比他們平日在捷運站、餐廳前安安靜靜、排隊有序的樣子，其虔誠之心可以想見。

臺灣的佛教和道教有可以明顯區分的特點：佛教「拜拜」時不需燒香，教義講究修身、禪定、誦經；道教「拜拜」時需燒香以「引鬼神」，有「輪迴」之說和「引渡」、「解惡」等驅魔術。這些信仰最早是鄭成功收復臺灣後從大陸（主要是福建地區）移民而來的漢人所帶來的。在離鄉背井的苦悶之下，移民們為了尋找心靈寄託，故訴諸佛道儒等教。他們在此後，遇到難以解決的問題，就拜神明以求保佑多福；臺灣四面環海，故早期多以漁業為生者，出海捕魚前會祭拜媽祖，以保人和漁船平安。

在臺灣，很多小孩的名字是算命先生起的，說是分析五行、手相後起的名字有利於小孩一生安順。同學又慈說她的名字就是算來的，很不好聽。我說為什麼不自己家裡取，她說：「沒有辦法，雖然不好聽，但是算命先生取的，只好照收了！」

許多大陸人的印象裡，覺得臺灣人迷信且保守。他們不像大陸從小接受唯物主義和辯證法的哲學思想教育，相比之下更加相信「命中註定」、「天道輪迴」。我固然崇敬信仰的力量，然而善良單純的臺灣人，恰恰因此而被一些「投機分子」有了可乘之機。我曾看到臺灣很多打著「佛教」旗號、取相似的教派名字自成一家的「大師」、「師父」，其座下弟子眾多，籍著虔信者的真心而牟取金錢利益。他們說是任人「自由來去」，實則初入修者需交「學費」，修行有得者歡迎每月自願捐錢「用於慈善」，而常常被媒體曝出有幾處私宅、幾段婚姻等等。有一次在網上看到一組被媒體曝光的圖片，一個所謂的「師父」坐在中央，四方弟子皆下跪請安；當他伸出手給一弟子「開光」時，眾多弟子竟激動地落淚。更想不到的是，弟子中有很多是公司董事長、CEO，大學教授，科學研究者。信仰如被不法分子所操縱，後果也是十分危險的。

原來是醬紫：陸生眼中的臺灣大不同

四

關於感悟

7-11是我家

「臺北和臺灣其他城市相比有什麼不同？」「嗯，搭手扶梯向來靠右邊。」「是啊，還有什麼？」「嗯……便利店太多啦，走兩步就是一家！」

臺灣，充斥著如蜂窩般密集的便利店：7-11、FamilyMart、Hi-Life……孟儒說：「在臺灣，你永遠不用擔心會餓著，便利店到處都是，7-11都開到了玉山山頂上！」單單是7-11，全臺就有七千多家。而這密集的最大程度，在中心城市臺北得到體現。在繁華街道走著，路過一個便利店，轉角後另一個又出現面前。在晚上下了自習走在回家路上，很多商店餐廳開始熄燈打烊的光景下，唯幾處便利店通明，它們大多數都是上夜班的。

在我租住房子的樓下就是一家7-11便利店。每位收銀小哥都分外有禮，見每位顧客都像熟人似的打招呼：「小姐／先生／弟弟／妹妹，晚上好！」

7-11是日本收購品牌，在大陸並不多見，而在臺灣則是遍布大城小鎮、高山海濱，也可見於離島和偏僻鄉村。剛來臺北市覺得這裡的便利店應該和大陸的並無大差別，後來逛得多了才發現，臺灣的便利店也有很多令人驚喜的地方：全年無休，二十四小時營業；服務方面從生活用品到早餐宵夜，從茶葉蛋關東煮到飯團咖啡，從列印傳真到提供免費WIFI，無所不包；另外還可代繳各類信用卡帳單、水電費、電信費、交通罰單等。而即使是同一連鎖店，每家店賣的東西也不完全一樣：為了適應附近居民的購買需求差異，各個店經理可自主決定依照實際銷售狀況進貨。

遍布臺灣各處的7-11可謂是臺灣民眾的生活管家。聽一位臺大海歸教授做講座時這樣調侃：「在海外的臺灣遊子，最想念的不是臺灣的民主自由，而是無所不在的7-11。」還記得雙十節那天，我們幾個交換生，為了趕去自由廣場看升旗，五點鐘早早起床；跑到樓下看見漆黑的天色中只有7-11亮著，物流車停在門口在辛苦地送貨。進去吃到第一時間送來的早餐，覺得舒心而溫暖。

在臺灣紮根三十年的7-11，如今又推出了很多文化宣傳片，很多家店的收銀台前的電視上播放，在Youtube網站中也可搜索看到。在二〇一四年十一月十一日的光棍節前夕，7-11就推出一個系列的微電影《單身教我的七件事》，一共七篇，每篇以7-11為背景，從同一個收銀小哥的視角講述不同來店裡的單身人的生活境遇。這讓我想到自己每天早上上學路上，也是經常光顧便利店，買上一些早餐，看到周圍形形色色的人物排隊路過。感覺便利店做了很有人文情懷的宣傳片，讓我覺得，它們不僅是買東西的地方，更是臺灣社會的一個小縮影。

便利店販賣的飲料。

儒雅清新的臺灣男生

1. 有關奶茶

珍珠奶茶起源於臺灣，是臺灣「泡沫紅茶」文化之一。不論在街頭巷尾，在書店裡，在校園裡，奶茶店都是不可或缺的一部分。剛來臺灣沒幾天，志工貓叔來接待我們時問「來臺灣有沒有喝過珍珠奶茶」，我們說「還沒」，貓叔作驚訝狀：「來臺灣都不喝珍珠奶茶，太沒道理了吧！」

後來在街頭、校園裡走著，總是看著年輕的男男女女手裡提著袋子，裝著一杯奶茶或者紅茶。我想若是在大陸看見男生常常奶茶不離手，就得說他很「娘」和「作」了；而在臺灣，愛奶茶並非只是女生的特權，男生結伴喝奶茶的現象常常有。彷彿就是這樣對奶茶的鍾愛，加上輕聲細語的臺灣腔，讓大家對臺灣男生產生如同臺灣偶像劇男主角那般小清新風格的印象。

2.有關化妝品

臺灣男生對化妝品很有研究，也許是化妝品在臺灣很流行的緣故。臺灣化妝品以物美價廉出名，屈臣氏和臺灣自創品牌康是美在大街小巷隨處可見，常常看到門口貼著大橫幅「加一元多一件」「第二件半價」，把正牌化妝品當作超市裡的散裝餅乾一般一買一籮筐的現象我也只在臺北見到。在化妝品店裡，聚著三五個男生挑選面膜或洗面乳的現象並不足為奇。我就被一個男孩這樣說過：「大陸女生都不敷面膜嗎？天哪，臉很重要啊！我們這裡連男生也敷啊！」我說：「護膚不一定用化妝品吧……」他說：「我們一定確保一週兩次面膜，你看我的皮膚比你的好吧，」說著把臉歪著湊近，確實光滑白皙，「你看你的皮膚需要去角質，我教你，用絲瓜水，敷在臉上……」

3.有關電視節目

大陸的大學男生，很多人喜歡電腦遊戲：LOL、英雄聯盟……臺灣男生，幾乎看不到有打遊戲的，他們（無論男生還是女生）更喜歡看綜藝節目，有很多都是大陸做的，比如《爸爸去哪兒》、《爸爸回來了》、《中國好聲音》、《我是歌手》……小馬問我說，大陸男生是不是很「純爺們」，因為他們說臺灣男生非常「娘」。小馬超愛《爸爸去哪兒》，他說他每集都看了好幾遍。我說：「我基本沒怎麼看過呢。」他很驚訝地說：「這麼好玩的電視你居然都沒看過？小孩超萌、超可愛的！！！」還有宮廷劇《甄嬛傳》，他也是超愛，他評價人物時說：「甄嬛，之前很善良，當上貴妃後變得好狠！……眉姐姐呢確實很好，安陵容從頭到尾都很奸詐！」我翻看他的筆記本，有他在學測前引用《甄嬛傳》裡的一句詩激勵自己：「逆風如解意，容易莫摧殘。」

溫柔臺灣腔

有一次在英文課上，老師要我講講來臺灣的新鮮感悟。我靈光一閃，索性拿「逮丸郎」（「臺灣人」三字的臺語發音）們逗趣一番，笑著說道：「臺灣腔，最好玩了！我們說『這樣子』，你們說『醬紫』。」底下響起零星的笑聲。「我們說『你知道嗎』，你們說『你造嗎』。」笑聲更大了些。「我們說『無所謂』，你們說『沒差啦』。」在場者哄堂大笑接連鼓掌聲，令我為自己的即興演講得意至極。

課後和朋友Juno聊了聊臺灣腔的話題。她跟我分析道，我舉的前兩個例子是屬於連音。臺灣腔扁平、語速慢，故而有些慣用詞語會快讀，讓人乍聽連在一起的感覺。而且臺灣人發詞語的每個字都是按原音調，不隨前後字音作改變。如普通話讀「姑姑」會將後一個姑讀輕聲，臺灣腔均讀一聲。這一點相信看過一九九五年古天樂版《神雕俠侶》的同學會有同感，那版的普通話翻譯就是臺灣人翻的。

臺灣人多用語助詞。比如句首發語詞經常以「阿」開頭：阿不然嘞，阿怎樣。在演講時暫時停頓或對話時思考回答時常發「ㄟ」音，類似日語中表示片刻思考的語助詞「ええと」。句尾常以「o」、「ho」、「le」作結表達情緒。

關於量詞，如我們說「一個小孩」，臺灣人說「一隻小孩」。我們稱個子高的人說「個子好高」，臺灣人則說「好大隻哦」。我們說「一個蘋果」、「一個水餃」，臺灣人說「一粒蘋果」、「一粒水餃」或者「一顆蘋果」、「一顆水餃」。臺灣腔中量詞形容的物體體積範圍貌似比普通話中的大。

另有一些習慣上用詞的差別。我們說「學習、讀書」「考研究生」，他們說「念書」「念研究所」；我們說「我對你無語」，他們說「我句點你」「傻眼」。我們說「不用謝」，他們則說「不會」。我們的「激光美容」，他們則叫「鐳射美容」。另有將「特產」叫「伴手禮」、「食用期限」叫「賞味期限」等是受日語影響。

還有一些常用詞彙的發音，臺灣用的字典中收錄的國語字音有些和大陸《新華字典》的普通話字音不同。如口頭常說的「包括」念「bāoguā」，「懸崖」念「xuánái」，「液體」念「yìtǐ」等。

關於新興詞彙。臺灣對玩智慧型手機形象地叫做「滑手機」、將「網絡信號」稱作「網路」。我們常說的「學霸」，很多臺灣同學不知道，又慈問我說：「是指學校裡稱霸的人嗎？」我說：「古漢語意是這樣。現在在我們那裡指很會念書的同學啦！」

關於外來翻譯詞彙。澳大利亞的「悉尼」，在臺灣作「雪梨」；「新西蘭」譯作「紐西蘭」；「奧巴馬」譯作「歐巴馬」；「希拉里」譯作「希拉蕊」；「法國」的「法」念四聲。

現在很多大陸的年輕人為顯時尚操著一口臺灣腔，很多人覺得在動詞前加一個「有」、在語末加一個「哦」就是臺灣腔的標誌，隊長跟我講，其實他們模仿得並不標準。比如臺灣人直接說「我吃過飯了」，而不會做作地說「我有吃過飯」，「有」字常用於強調存在或擁有，而此處強調的是「吃過飯」，硬加「有」字有牽強附會之感。又如臺灣人表疑問說「真假的？」，在此處並不加語助詞如「真的假的哦？」句末語助詞多表情緒態度，而「真假的」作為慣用語，強加語助顯得「臺灣腔」實則畫蛇添足。

臺語屬複雜的閩南語系中的一個分支，和客家語同為臺灣少數民族方言。從捷運到公車，到站報名都是四種語言，依次是：中文、閩南語、客家話、英文。臺灣民眾的口音不一，地域間口音差異較大。如臺灣北部多為遷臺的外省移民，也是經濟政治中心，因此民眾國語較南部標準；而中南部地區如臺南多原住民、東部多山地如花蓮臺東交通不便，民眾多講閩南等方言，許多年長者不會講國語。因國民政府推廣的國語標準較柔聲細語，加之各地方言、日據時期日語的糅合，如此出現「臺灣腔」。

再見小時候

去師大附中遊覽，是一個濕熱的上午。因為孟儒是附中畢業生，正好要去看老師，得知我有興趣便帶我一同去。

在臺灣，就考上優質重點大學人數而言，最好的高中是位於中正紀念堂附近的建國中學，按臺灣同學的說法是「都是考臺大的」。居其次的就是北一女中和師大附中了。「臺中一中」、「臺南一中」等則是位於臺中、臺南最好的高中。

臺灣的大學入學考試，分為兩種，叫做學測和指考。學測在一月，考國文、數學、英文、自然、社會五科，後有面試，通過這樣推薦甄試獲得滿意大學綠卡的同學可以不考指考，類似於大陸的自主招生。指考在七月，考九科，類似於高考。

我們去時，孩子們在上課，穿著白襯衣，男生穿長褲，女生穿短裙。臺灣各國中、高中的校服均在左側繡上學校名字，右側繡著姓名和學號。臺灣中學生校服又叫制服，分春季長袖、夏季襯衫、秋季運動衣，樣式很復古。建國中學的是深藍色、中山裝式樣，金門中學的是鵝黃色、軍人制服的樣子，附中的白襯衫、深藍長袖則頗具書卷秀氣。

在這裡，不由自主地想到南拳媽媽的那些小清新的校園歌曲：《再見小時候》《香草吧噗》《橘子汽水》……

「隔壁班的女孩
她從來不愛我
抽屜裡還擺著被退回的溫柔
再見了小時候
懵懂的我
現在的夢已經成熟

風在朗誦
下課的鐘
時光靜靜地走」

孟儒介紹說，臺灣各所中學都有自己的「全球制服日」，每當這天，不管身在何方，都要穿上自己中學的校服以表紀念。十月十八日是附中制服日，這天師大的附中畢業生穿著校服聚集在校門口，舉著印著附中校徽的校友會旗子，又是合影又是唱校歌。

下課鈴打響，大課間休息開始。一群男孩跑出教室門在樓道間打鬧起來，一個乖巧的女孩捧著一疊作業送往老師辦公室。這場景讓我想起《那些年，我們一起追的女孩》裡的沈佳宜和柯景騰。

師大附中的走廊。

空曠的操場有三兩個打籃球的男生，籃球場旁是露天木質看臺，和精誠中學裡取景的看臺一樣，臺灣大中小學的看臺大多是這種樣式，木質或鐵質都有。

師大附中的小賣部，陳列著許多附中紀念品，校徽、校服等都對外賣的。臺灣的中學除了著統一校服，還要背統一書包，多是軍綠色、亞麻材質，上書學校名字。後來我在西門町等商業圈看到各中學校服專賣店。小賣部的阿姨很是熱情，一個男孩子捧來作業本複印，阿姨邊幫他忙邊問這問那。得知他是班長，阿姨「哎呦」一句，雙手一拍，說：「班長好啊，以後有前途吶……」那男孩低著頭一聲不吭很羞澀。

西門町有專賣各校校服、校包的店。

春風滿面是臺灣人符號式的禮貌。有禮的舉止最明顯地體現在中學生身上。一次在湯圓店吃東西，看見來了三個穿著校服的中學生來點餐，雙手遞給阿姨鈔票，找錢後鞠了一躬說「謝謝」。又一天晚上回家，突然停在排滿長龍的餐廳前照相，緊跟在後低著頭快步走的中學生察覺自己差點入鏡，像觸電一樣停住，愣了兩秒後從我後面繞了過去。他也才下了輔導班回家吧。這些和中學生無意的交際讓我留下對他們的好印象。

總被臺灣學生說：「大陸學生好用功。」他們從小被老師說：「看看大陸的中學生多用功，七點不到就到學校，九點才下晚自習。還有早上到校讀書，居然要讀好大聲，超誇張誒！」確實，臺灣高中基本八點要求到校，也沒有早讀；沒有晚自習，但家長大多選擇送孩子上晚上的輔導班。小馬說，中學時候老師還給他們看大陸中學生五十多人擠在教室低頭寫作業的照片。

晚上九點下輔導班的中學生。

我說，我們還常被教育說美國學生多用功，凌晨四點哈佛圖書館座無虛席……或許全世界的老師都一樣，為了給學生「打雞血」，用「別人家的小孩」用功努力的例子給自己學生「peer pressure」吧！

偶遇尷尬

一

很是反感臺灣大媽的碎碎念。有一次，我在師大對面的列印店列印東西，老闆大媽突然開口問：「你是大陸來的哦？」我問：「你怎麼知道的？」她說：「口音一聽就聽出來啦。怎麼，你怕別人發現嗎？」聽這半帶戲謔的口氣，我轉過頭說：「為什麼怕被發現？」大媽看我嚴肅的樣子，又滿臉堆笑地說：「哎呀，大陸臺灣一家親嘛。大陸人是我們自己人……」傻眼。偽善！從此再不光顧這家列印店。

二

去校英語辦公室諮詢加選課的事宜，年輕的臺灣女老師撥通另一老師的電話要我更具體的問題問她，她介紹道：「一個交換生來問。」我接過電話說了句「老師好」，另一頭立刻應一生「はい」（日語「是」的意思）我說每一句，都得到另一頭「乾脆又殷勤」的「はい」。之後，我尷尬地說：「我是大陸交換生。」明顯地電話那頭的態度冷了半截。累覺不愛（很累，感覺自己不會再愛）……若是一個日本學生說如此流利的中文，臺灣人定感到受寵若驚吧。

三

和孟儒在師大附中的小賣部，老闆娘阿姨和他是老相識，孟儒遂向她介紹說我是交換生。阿姨笑盈盈地迎到我面前問：「你是韓國來的呀？」又轉頭拍拍孟儒的肩說：「哎，你也可以去她學校交換的！」我說：「我是大陸的交換生。」明顯看到阿姨的笑立刻僵住了，小吳說：「大陸好大學也很多啊，我還準備去大陸念研究所……」話沒說完的孟儒被阿姨拉住袖子低聲耳語說：「哎，要去交換應該去美國、日本呀，去大陸……」

四

剛去師大報到，所有境外交換生要參加一個交換生歡迎講座。講座後，每個交換生得到一個餐盒，內有四塊美味的甜品。用餐過程中，交換生負責老師做了令我們所有陸生非常憤懣且尷尬的舉動。她守在垃圾分類箱旁，看見是大陸交換生，就「好心且熱情」地提醒：餐盒扔哪裡、殘食扔哪裡、塑膠刀叉扔哪裡……最後，她非常大聲地對在座用餐的大陸學生說：「我們臺灣是有明確垃圾分類的，希望大家記清楚，非常感謝大家！」雖然有禮有節，她的話語無意戳痛我們剛來臺灣的大陸交換生的心……

五

租住房子的房東是個很友善的三十多歲的先生。租房前，他很客氣地跟我們說：這間房子需求很火爆，還有很多交換生排隊要租；看我們是女孩子，所以優先讓我們租。另外，水費全包，電費八塊臺幣／瓦，並說：「這樣的價格在這麼繁華的地段是沒有第二家的哦！」我們就高高興興地住了，以為撿了天大的便宜。結果臨走時結算，發現電費八塊／瓦的價錢和同等地段五塊／瓦明顯坑了好嗎?!而且，他竟旁敲側擊地說，很多房東都不願意租房給陸生，而樂意選擇韓國學生、日本學生，因為不會「事很多」，也更「衛生整潔」。豈有此理。

日本細節

臺灣和日本有著很微妙的關係。最深重的大抵是臺灣有過半個世紀被日本統治的歷史，而今二者在政治、文化、經濟交流上有著千絲萬縷的聯繫。在交換生涯中，我發現在臺灣的個人身上，對日本的親近態度的絲絲細節都是很引人注意的。在此列舉一二。

在上日本歷史和文化課的第一堂課，座無虛席。老師問：「在座去過日本的同學有多少？舉舉手。」台下刷刷地積極舉起手來。老師說：「嗯……大約有百分之六十的人哦。」日本確實是臺灣人出境旅遊的首選地，天生較為「內向」的臺灣人，旅遊首先考慮是將臺灣全島遊遍，之後考慮到出境，便是偏向去日本的東京、京都、北海道這類去處了。而通過在書店裡陳列的熱門旅遊書籍中看到日本旅遊攻略占大多數這一現象也能看出這點。

以「日本附屬地區」的身份尷尬存在半個世紀，臺灣留下很多日本風格的古跡、景點、建築。如北投的日式木製大型圖書館，連同其整體屬於日本風格；九份山城的山間集市和古鎮，格局基本類似日式，是最吸引日本遊人光顧的臺灣景點；另有菁桐老街，保留著日據時代日本建造的菁桐車站和郵局。

書店裡旅遊類書籍熱門位置永遠是日本旅遊攻略。

日本商品佔據了臺灣各處。在化妝品店，剛進門貼的大廣告打著「東京直銷」的字樣；在文具店，日本原裝筆等也是列在入門最顯眼的熱銷位置。我曾聽身邊一個銀業員跟顧客說：「建議您買這一支，這個是日本原裝品牌，日本人都用這個哦，品質一定可以保證的。」貌似在臺灣，推銷某個產品好，一句有力的論證是「這是

臺北車站地下街。打電玩的臺灣中學生，標示牌都會標注日文。

日本產的，日本人最常用的」，從而取代了所有關於品質耐久度方面的保證。這種態度，是無形不易察覺的。

不論臺北車站地下街、西門町這樣的大商場，都有專門的大片區域銷售日本動漫人偶、動漫ＤＶＤ。在這些地方洗手間都會標注日本字，附近餐廳小吃都是日式料理，簡直就像到了東京秋葉原。歷史的痕跡斑駁可見。另外說到食物，臺灣的日本料理店更是玲琅滿目，光是學校教學樓門口的兩家店就都是日食餐廳；由於大受歡迎，許多日本商家在臺灣駐足打進更大市場。

臺灣的學術領域同樣洋溢日本的氣

息。起初逛圖書館時很奇怪，為何走過一排排的書架，放的都是用日本字寫的書。還有交換生和留學生當中，有很多都是日本過來的學中文的學生；在學術演講或交流互訪中，也常見日本老師教授來學校做報告講學的身影。

圖書館中的一排排日文書籍。

臺灣對日本有種崇敬甚至可說是仰視的態度。如在英語辦公室被誤認作日本交換生時，老師對我的態度十分熱情有禮；而當得知我是中國大陸學生後，熱情有禮的態度顯冷卻了一半。這並不是在誇張。

想到隊長跟我講過，在日據時代，在臺灣的日本人與本地人有分明的等級差別。優先禮讓日本人、專門接待日本人的餐館澡堂都體現臺灣人「二等公民」的地位。雖然有過階級不平等，在日統治期間臺灣民眾受過人身財產方面的侵犯侮辱，但今天的臺灣人尤其是年輕一代並未對日本有憤恨情緒，相反，更多的感情體現的是一種崇拜和嚮往。

我將這讓人難解的一點和駿紘談到。他說，自己的爺爺是江蘇沛縣人，當他爺爺還是小孩的時候，親眼看見祖輩們被日本人集體槍殺，而他爺爺自己幸運地躲過一劫，後於民國三十八年來臺定居。關於對日本人的仇恨感，他說他爺爺這些祖輩會有，而自己因未經歷卻毫無這種感覺；如同大人們覺得自己本是大陸人而被迫來臺，對臺灣始終沒有歸屬感，而像自己這樣自幼在臺灣土生土長的年輕人，只會對本土感到深深的依戀，而並不有「從大陸遷往臺灣」的流浪感。

原住民的精神與命運

初來臺灣的我，總是很疑惑，為什麼坐捷運和公車時，聽到報站名總是將同一地名用四種語言依次播報一遍：漢語、閩南語、客家話、英語。或許是臺灣人比我們更懂得保護傳統、尊重民族差異性吧。我想。

直到被臺灣同學推薦看了一部電影《賽德克・巴萊》，才令我真切地知道：因為曾經有過原住民被外來人種侵略、殖民，以至其反抗導致種族接近被滅的悲痛歷史，使得今天的臺灣民眾更加互相愛惜和尊重，不讓這些寶貴的族群部落的信仰、語言、歌謠和文化等消失殆盡。

這部由魏德聖導演、吳宇森監製的臺灣電影，根據真實的史實改編，籌畫長達十二年、跨國動員兩萬人拍攝。賽德克族是高山族的一支，分布在臺灣中部及東部山區，主要聚居於南投縣仁愛鄉；後上世紀初族人因不服從日本侵佔反抗起義後，餘下族人被強制遷移至花蓮縣太魯閣溪、立霧溪及木瓜溪河谷兩岸。

我的教育系同班同學是阿美族人。他族名為紀達爾，漢名為紀家平。阿美族總人口約十八萬餘人，是目前臺灣原住民中人數最多的族群。其為母系社會，家族事務是以女性為主體並由女性負責，家族產業之繼承以家族長女與其他女性為優先。在部落中，有關部落的大小事務則是由部落男子所組成的年齡階級負責統籌規劃與執行。

阿美人善歌舞、好交友。因為群居生活和民俗文化的影響，他們將歌舞和朋友視為人生最為重要的寶貴財富。二〇一五年夏的《中國好聲音》有一個選手就是來自臺灣花蓮縣的阿美族姑娘，她深情唱了首《如果沒有你》，聲音宛轉悠揚，讓我想到紀達爾和他的樂隊在古亭國小志願表演唱歌的那個美好的夜晚。

原住民註定是時代變遷中的苦難者。他們堅守自己的文化和歷史，然而，因著身在多元文化入侵的臺灣，又不得不為保種保族而做出痛苦的妥協。如今的原住民人群，也用智慧型手機，也看無線電視，也講國語，也燙染髮，我們在人群中並未看出他們與眾人有何不同，除非特別指出。那些有關族群的傳說、圖騰和語言，也只有保存在諸如客家文化主題公園、《賽德克・巴萊》等史詩電影裡。

聽白先勇談《孽子》

白先勇，未見其人，先得風聲。在他要來師大演講的前一個月，校園裡各個公告欄就貼出了「大字報」：白先勇又來師大演講啦！本次主題是「《孽子》——從小說到舞臺劇」。

白先勇是我很喜愛的一位作家，早先看過他的這篇唯一的長篇小說《孽子》。為了聽懂這次的講座，我又專門看了一九八六年改編的電影版和二〇一四年改編的舞臺劇。作家提出要求，由於演講側重講文藝形式對表達主題的異同，希望我們在聽演講前，看完小說原版和舞臺劇，這樣才能更好地聽懂他講的內容。

講座那天白先勇不忘問一句：「同學們舞臺劇都看了沒有？」底下齊聲喊道：「看了！」白先勇春風滿面，笑得合不攏嘴。旁邊的主持老師說：「看我們白老師真高興！」

和我一道同去的國文系同學說，白先勇是臺灣家喻戶曉的作家。臺灣最有名的當代作家中，白先勇、余光中居首，席慕蓉、高行健列次。

白先勇在講座前坐在沙發上，台下人滿為患，走廊過道也自成一列整齊地坐著同學。同學紛紛掏出手機相機拍白先勇，他一直保持雙手合攏、咧嘴笑的狀態，如鄰家爺爺一般親切。開講時關於幻燈片中的照片涉及版權隱私問題，主持人調侃說：「同學就不要拍PPT了，專心拍白老師就好。」白先勇仰頭樂呵呵地笑。講座結束後，索要簽名合影的人從前臺排到了末排。

白先勇作家自身是同性戀者。《孽子》也是一部以同性戀為主題的小說。他將自身情感融入小說，描寫六十年代流落公園的同性戀青年們的孤獨苦悶，刻畫其被家庭驅逐、被朋友拋棄、被社會斥責的邊緣處境，真實呈現同性戀者身心雙重流亡的夢魇。在演講中，白先勇平淡地敘述，坦誠而不做作，將我帶入他的內心世界中體悟所感所想。

白先勇作家分享給我們舞臺劇的劇照和經典片段，籍著作家親自的解說後重溫，覺得之前沒有注意的細節也有了震撼人心的力量。特別是作為封面的這幅「龍鳳畸戀」，變龍怒殺阿鳳後對自身的糾結自責、對命運的嘲弄遊戲都放在這一聲仰天長嘯中。我想，這長嘯，不僅控訴社會對同性戀的不公，也控訴整個弱勢群體被逼絕境的不公，控訴零餘人被強貼標籤不被原諒的不公……

放映畢，掌聲雷動，有人落淚。白先勇說，在臺灣公演的十幾場表演，謝幕後燈亮起，都會看見不少人眼角閃動淚花。他說：「通過文學藝術，人們有所共鳴，對弱勢群體稍許寬容，文學的目的便達到了。」「寫作本身，是一種反抗。」

白先勇講《孽子》。

一〇一大樓跨年夜

耶誕節過完，新年接踵而至。為了期待已久的「臺北一〇一跨年煙火表演」，我當晚六點下課就搭捷運趕至一〇一大樓站。據說今年的跨年人數達到了一百一十萬人，從整個信義區到毗鄰的象山，觀者甚多。雖然說著不同的語言、擁有不同的文化，但對煙火表演的期待卻同等地熱切。

從樓底仰視臺北一〇一。

臺北一〇一，是二〇一〇年以前世界第一高樓，二〇一〇年後因哈里發塔的建成退居第二。在上學期準備申請交換生時，我對臺灣的嚮往之心就是在百度百科查臺灣的資料時看到夜幕中臺北一〇一璀璨奪目的情景開始的。臺北一〇一建成於二〇〇三年，地上一〇一層，地下五層；原規劃為國際金融大樓，如今一到六層多作高級商品及奢侈品銷售之地和美食廣場。臺北人珍愛一〇一，任何介紹臺灣或臺北的旅遊地圖或宣傳廣告幅上總是高頻率地出現它的身影；在人們談話和生活中也時常提起它，比如在新聞中一句「臺灣半年的捷運所投硬幣堆疊起來有一・七座一〇一的高度」以形象地表示捷運客流量之大。

今年跨年煙火活動的主題為「二〇一五 I See Taiwan，愛惜臺灣」。我到達一

從象山山頂看臺北盆地，兩張圖均為陸生鄭琦學長拍攝。

〇一站時大約晚七點，樓身注上藍色的橫條螢光燈，顯眼地印著「愛惜臺灣」字幕。一小時後字母轉換為「二〇：〇〇」整點報時，隨之樓體變換為粉紅色條紋，變色瞬間人們齊聲「哇」地讚歎；一小時後又變換為黃色條紋，這一裝扮將樓身顯得「矮胖」，乍一看與西安大雁塔有幾分神似。

在和臺灣相處到了最後的日子，我對它的瞭解日益加深。我一直在想一個動詞表達對臺灣的感情，而今覺得，「愛惜」二字，最為合適。「愛」臺灣，愛它的美景、好人、文化、藝術、氛圍；「惜」臺灣，惜它命途的多舛、民眾的苦難、尷尬的處境、嚴峻的危機……臺灣，被葡萄牙人稱為「Formosa」（意為「美麗島」），自古被中國人稱為「寶島」，猶如東南亞群島項鍊中的一顆位於中心的鑽石，值得疼愛和珍惜。

八點鐘的信義區各街道進行車輛管制，行人自由穿梭路口，在大街中央拍照，有的索性坐下等待零點到來。平日在夜市擺的小吃攤今晚都搬到這裡來，便利店利用停車場口的空地搭了臨時攤子賣關東煮；在西門町表演街舞的男孩、自彈自唱的黑人藝術家也來這裡表演引來二三層圍觀的人。

二〇一五年臺北跨年晚會由Ella和Selina主持，李榮浩、林俊傑、韋禮安等在臺灣最受歡迎的歌星都來參加。當羅志祥上場時，全場歡呼聲雷動，達到整場晚會的高潮。他每唱幾句就喊：「尖！叫！聲！」觀眾席的女孩們立刻發出極有默契的尖叫聲。聽到周圍人議論：「他跳舞好帥！」「你看他黑眼圈很重耶……」站在我右前方的大叔，在擁擠的人群中還不忘發Facebook動態：「在一〇一跨年真棒！（笑臉）」又GPS定了個位。

大約十點多，一〇一大樓站各個捷運口水泄不通。大多上班族剛剛下了班才來，捷運口源源不斷湧出匆匆上來的人。零點前，所有人都找了街面空地坐下，大樓燈光暫時完全熄滅，醞釀幾分鐘後，隨著十秒倒計時數到「一」，一〇一大樓伴著音樂噴出耀眼煙花。先是呈四面放射狀，忽而呈現斜狀螺旋噴灑如同DNA模型，又如噴泉般緩緩流淌……一萬多發煙花從樓身綻放，其背景音樂是《思想起》、《草蜢弄雞公》、《採茶歌》、《丟丟銅》等經典臺灣民謠。煙花從零點開始綻放，為時三分鐘而止，蔚為壯觀。

關於「臺北跨年垃圾不落地」，一方面可以歸納為市民的公民意識較高，講文明、愛家園，另一方面是因為總體管理得當，志工服務得好、效率高。我看到，在跨年的路邊有許多大型的「臺北市專用垃圾桶」，志工們嚴肅地督促人們將垃圾分門別類地擺放，沒有絲毫怠慢，如若人們不小心扔錯位置會受到指責。街頭隨處可見「垃圾分類回收」「臺北是我家」的大幅標語。在人流密度最大的捷運站出口，同樣站著志工及時指揮、疏散，饒有經驗，態度果斷、迅速，這大大規避了因人擠人而發生踩踏事故的風險。

跨年晚會的現場也幾乎是人貼人，但整體秩序井然。我看到，觀眾週邊的一圈志工，稍有混亂的跡象便吹口哨管理。附近設有急救處，用一隻顯眼的白色氣球寫上「急救」二字浮在人群上空。當我觀看

坐在街道上等煙火施放的人們。

完要走時，便走人群邊沿的退出通道，前面兩個男子推搡著前進，差點讓我前面的女生跌倒，周圍人立刻紛紛指責起來：「大家都是要出去的，擠什麼呢？」剛出現混亂的苗頭及時得到遏制，我想是保持人多場面安全的重點。

五

關於食物

夜市味道

我從來對「吃」沒有太大講究，以為三餐吃飽就好，至於吃什麼不會多想，因而也被我的那些吃貨朋友屬以為異類。但自生活在臺北、被臺灣同學帶著「混跡」各大夜市「秉燭夜遊」之後，感覺漸漸會細究食材、褒貶優劣起來。剛來臺灣那幾天，孟儒和隊長就帶我們去夜市將臺灣美食吃了遍。每每正吃著滷肉飯，便討論接下來是否應去吃芒果冰做飯後甜點；剛坐下晚飯的餐桌，又問明天去哪家豆漿店吃早餐……我問孟儒：「你怎麼三句話不離一個吃呀！」答曰：「因為逮丸郎吃貨呀！」

臺灣夜市好似世界美食的聚集地，流行各色佳餚。既流行中國的江南淮揚菜和四川火鍋，又充斥著日本料理店、西餐館咖啡廳，此外還有泰式餐館、緬甸小吃等等。

臺灣著名的夜市主要有臺北的士林夜市、西門町、師大夜市、公館夜市和臺中的逢甲夜市、東海夜市等。作為平民生活重要的消遣娛樂去處，夜市集結了吃喝、購物、旅遊買紀念品的服務和場所。

傍晚下了課，我和同學就互相約吃飯：「走，一起去夜市吃晚餐吧？」「可啊！」於是兩人挽起臂膀，笑呵呵地朝校園後身的師大夜市奔去。

臺灣小孩愛自稱「吃貨」，他們玩樂時，能真正全心融入玩的樂趣裡。他們從不煩念書、學習，也少有穿梭於圖書館食堂教室「三點一線」的學霸。有一次社會學課上同學做介紹佛教的報告，談到其清心寡欲、戒吃喝玩樂方可修成的教義時，他壓低嗓音、十分嚴肅地表明：「這一點我完全不贊同。」

師大夜市滷味店前排隊的人們。

師大路是臺師大校本部後身延綿至羅斯福路的一條休閒娛樂街道，師大夜市是師大路與龍泉街巷內的店家組成的大型商圈，它既是同學們放學後的聚會去所，也為臺灣著名的夜市景點。正因如此，它和西門町一樣是可以巧遇明星的場所，我曾碰見吳克群在夜市路口彈吉他，裡三層外三層的學生跟著節奏拍手跟著和；又聽朋友說有一次在夜市一家衣店門口偶遇在自拍的鄧紫棋，當晚在Facebook上看到鄧紫棋本人曬出那張同地點的自拍。

臺灣的很多大學附近基本都會因人氣聚集而自然形成夜市，臺灣大學周邊有公館夜市，輔仁大學有輔大花園夜市，東海大學有東海夜市，銘傳大學附近有臺灣最大、大陸旅遊團必去的士林夜市。

每個夜市都有各自的偏向和定位，如士林夜市多賣臺灣特產和水果、公館夜市多賣蚵仔煎章魚丸子之類的臺灣街頭小吃。因毗鄰師大和臺大、位於臺北繁華辦公地段，師大夜市的消費主體多為大學生、年輕上班族，多開服裝店、美髮店、咖啡屋等，更像是一個多彩的生活後勤部。衣服很便宜，經常隨便口頭砍價就可以半價拿走，按同學的話說就是「至少比教科書便宜好多」。

大陸旅遊團最常被拉去的士林夜市，一條街專賣鳳梨酥、牛軋糖之類的特產，說是大降價其實並不便宜，貌似是專賺外地遊客生意的。聽見一個胖胖的老闆娘吊著嗓子說：「你們就買吧！大陸遊客都在我這買！」臺灣特色水果芭樂、紅心芭樂、蓮霧也紮堆在這裡熱賣。其實每個地方的特產，雖然名揚在外，當地人提起也自豪，但就其食味來說並不有多出彩。駿紘有句話說得經典：「鳳梨酥呢，就那樣吧。你們家有名的揚州包子，你覺得特別好吃嗎？」

說到水果，臺灣街頭自賣的水果都很貴，進口水果很多。剛來臺北時看見水果攤上蘋果「一百元五粒」的招牌，以為這家賣得貴，想找便宜的買；結果過幾天才知這樣的價格已經在打折了。

據說每個師範大學後身都有一條師大路，我的陝師大是這樣，臺師大也是這樣。但臺灣師大路相比更寬更長更全面，各種美食日用商店一應俱全，還有七八家美髮店、麵包店、奶茶店、化妝品店、咖啡館。有一家永豐盛饅頭店，賣各種特色饅頭：芋頭饅頭、巧克力饅頭、咖啡饅頭，只在下午四~六時開門，每次經過門口都排成十幾至二十人的長隊。按可椰子的話說，臺灣人這麼愛排隊，因為把它當作一種享受——不要看你前面還排多少人，而是看你身後還有多少人，就覺得好有成就感啊！

孟儒說，人生兩大樂趣，是美食和拍照。在臺灣，我看到了如此多的因為擁有這兩大樂趣而快樂著的人們。在交換的短短一百四十天裡，通過拍照，我留下二千張美妙獨有的回憶；通過美食，我感受到臺灣如此豐富多樣的舌尖文化，品嘗了逮丸郎引以為豪的美食。回到陝西師範大

台灣夜市美食。

第一次吃「甜」豆花。

學的食堂，吃改良成西安當地口味的手抓餅和滷肉飯，覺得味道和臺灣本土的大不一樣了。在感慨沒有了原汁原味之餘，不禁想想我以後在我所要走的每一片土地，都要盡可能嘗嘗它們本土的風味。畢竟離開後，那味道不會在另一處得到完全的還原。

同為民國初年戰亂時期的學者，臺灣人推崇的梁實秋先生作《雅舍談吃》將餐桌、舌尖之妙趣描寫得淋漓盡致，較之大陸欣賞的同時代魯迅先生針砭時弊、憂國憂民，前者更多了幾分對現世光景的享受和閒適悠然之心。排隊文化也在臺灣夜市中得到體現。你會發現，凡有熱門的美食前，就是人們排隊等候的身影。

臺灣街頭的排隊景象。

常常下了晚班的人們，三五人結伴進入夜市的美味攤點前排隊點一份美味。這時候擺脫一天的勞累，站在美食店前等候，和周圍朋友聊聊天談談一天發生的事，就相當於放鬆和享受了。

壽司與丼飯

日本料理在臺灣很流行，二者風格俱偏甜、偏清淡，造型精緻，集欣賞、品嘗功能於一體。在臺北，隨處可見迴轉壽司餐廳，還有各種賣丼飯的定食餐廳。

事實證明，一進迴轉壽司店，生活節奏會無限制地被帶得很慢，以至一個小時過去了，彷彿還以為只過了一刻鐘。隨著一盤盤小巧精緻的壽司在迴轉盤上緩速移動，人的心情也變得緩和寧靜許多。

「歡迎光臨！請問要味增湯還是手

迴轉壽司店。

外帶壽司也好新鮮。

卷？」店裡時常有日本人光顧，所以服務員還需要用簡單的日語與之交流。關於壽司的種類，臺灣多鮭魚，鯛魚，旗魚的種類，魚子醬和海蝦也很熱門。

在迴轉壽司店，很多人都是獨自來吃，一個人邊滑手機邊賞味。一次在壽司店吃晚飯，旁邊坐下兩個大陸男生，這兩位見點的餐遲遲不到，著急地說：「好慢，好慢……」

關於定食餐廳，從住家到學校路上一家剛開業兩三個月的Sukiya餐廳，似乎每次路過都是在門口排至少十人的隊伍，有時排在隊伍末尾的人等我回家拿了東西走回學校時還是在排著隊。日本同學說這個餐廳是日本人開的，保留原汁原味的風格；且價格相對便宜得多。餐廳多賣丼飯：牛丼，豚丼，親子丼（雞肉加雞蛋）等。這樣的丼飯，我來到臺灣才知道是日本日常的米飯類型。丼在日文念「dǒng」音，原為古漢字，自唐傳入日本後引用為「蓋飯」之意。

牛丼和親子丼。

紅豆餅

剛來臺灣第三天，和房東約在古亭捷運站出口會面。時間已到，對方還沒有出現；烈日炎炎，汗珠不停往下淌。又累又餓，轉身看見一家賣車輪餅的店鋪，順手買了三個紅豆餡的，接過手大口咬下去，不驚感慨道：這麼好吃的餅！

九份市集的紅豆味車輪餅。

紅豆餅是車輪餅的一個品種。車輪餅是臺灣的土特產，是以麵粉為主要原料製作的一種像車輪形狀的餅，所以稱為「車輪餅」。臺灣車輪餅以甜味為主，除了我最愛的紅豆餡料，還有香芋、奶油、花生、香蕉、草莓、巧克力餡料等。

說到車輪餅，許多臺灣人總是不由自主聯想到國民黨的馬英九先生——他喜歡吃車輪餅是在臺灣人盡皆知的事情。二〇〇八年，雙十節慶晚宴上，馬英九張嘴大口咬車輪餅，夫人周美青在旁皺眉斜眼，被記者抓拍到並刊登在頭版，一下子掀起了「車輪餅熱潮」。此後，很多車輪餅創業者如雨後春筍般出現。這張被抓拍吃車輪餅的經典照片後被馬英九收藏起來掛在辦公室，照片旁還加注一句圖說——「我怎麼嫁給這樣的人！」真是十分詼諧有趣。

蚵仔煎

小時候超迷大S和小豬主演的臺灣偶像劇《轉角遇到愛》，對其中小豬擅長做的菜「蚵仔煎」覺得很是新奇。他就職的那家蚵仔煎餐廳常常濟濟一堂，有人甚至跨過城市專程跑來吃；另外，臺語念蚵仔煎的發音好可愛——「ǒ-ā-jiān」。這樣的美食在我幼年時構成了我對臺灣小吃的全部印象，沒有想到，如今我竟然漂洋過海來到臺灣，坐在夜市的小吃攤上津津有味地品嘗起它。

蚵仔煎和滷肉飯的絕妙組合。

蚵仔煎，普通話譯作「海蠣煎」，簡而言之就是在雞蛋上擺上幾顆牡蠣、撒上韭菜末煎製而成的美食。它發源於福建泉州一帶，是閩南、臺灣、潮汕等地經典的地方小吃。起源是沿海地區人民在無法飽食下所發明的替代糧食，是一種貧苦生活的象徵。而今的蚵仔煎作為臺灣夜市最有名的特色小吃之一，衍生出其他如蝦仁煎、大腸麵線、蚵仔麵線等一系列食物。

閩南有句俗諺叫「肥蚵仔肥韭菜」，意思是農曆二月，在韭菜生長最為旺盛的時候，也是蚵仔最為肥碩的季節。蚵仔煎，則是韭菜和蚵仔間的「黃金組合」。將韭菜切成一指節長短，和洗淨的蚵仔擱在一起，加入稀釋番薯粉作為粘合劑，入油鍋煎至金黃。蚵仔煎也是一道考驗女子廚藝的必備菜之一。雖然菜譜很簡單，但是要做得特別好吃還是有難度的。在當地，新娘入門後第一次給公婆做的家常菜中，蚵仔煎是不可或缺的；做得好，則會

大腸麵線配油炸臭豆腐。

讓公婆另眼相看。

蚵仔煎雖然到處都吃得到，但是很多人還是保持著「要吃蚵仔煎，就要到蚵仔產地去吃」的觀念，例如要到臺南、嘉義或屏東這些盛產蚵仔的養殖地去吃。要做出好吃的蚵仔煎，最首要的條件便是選用新鮮的蚵仔，這些蚵仔在產地現剝現賣，不必因為長途運送而浸水，所以顆顆肥美碩大、鮮美無比，做出來的蚵仔煎自然也是嫩滑多汁。

關於蚵仔煎的起源，民間有這樣的傳聞：一六六一年時荷蘭軍隊佔領臺南，鄭成功從鹿耳門率兵攻入，意欲收復失土。鄭軍勢如破竹，大敗荷軍，荷軍在一怒之下，把鄭軍的米糧全都藏匿起來；鄭軍在缺糧的焦灼情況下急中生智，索性就地取材將蚵仔、番薯粉混合加水煎成餅吃，想不到竟就此流傳後世，成了風靡至今的小吃。另一種說法相比更為可靠：臺灣蚵仔煎是隨著鄭成功大軍和福建、潮汕移民的遷入而帶來的。這從今天的臺灣蚵仔煎與閩南地區蚵仔煎的製作工藝的高度一致性可見一斑。

芋圓與燒仙草

芋圓是一道早先流行於福建、臺灣的傳統甜點，現在的芋圓已在大陸各地區隨處可見，成為大眾休閒、逛街之餘補充能量的街頭小吃。在臺灣，芋圓以九份地區最為有名。因此在九份吃了一份芋圓以後一發不可收拾，但此後在臺北各個夜市嘗到的芋圓很難做到九份的那般新鮮和天然。

芋圓，就是把芋頭蒸熟後壓成泥，加上地瓜粉及水拌勻成團，搓揉成長條形再切成一個個的小塊，放入沸水中煮至浮起撈出即成。類似芋圓的還有以綠豆泥代替芋泥的綠豆圓，均屬九份的著名小吃之一。煮熟的芋圓可加在冰糖水裡食用，是臺灣年輕人炎夏解暑的必點冷飲；冬天時，也有芋圓注入熱湯中的吃法。原先的芋圓口味單一，如今加入地瓜、珍珠、粉粿、燒仙草、刨冰等配料，漸漸成為受眾面廣的街頭甜品。

燒仙草也是閩南及臺灣流行的一大特色小吃。鮮芋燒仙草，除了流行於臺灣之外，並風靡於日本和東南亞地區，現開始入駐到大陸市場。正宗的臺灣燒仙草，是以仙草乾慢火熬煮，再加上專用的食用澱粉，不含任何添加劑，清涼去火、解熱，老少皆宜。另外，因為燒仙草具備有去甘降火，美容養顏的功效，所以備受臺灣女孩的青睞。我就有位來自臺南的女同學，即使非常討厭燒仙草帶有藥的苦味，為了「養顏美容」，也硬著頭皮地每天喝上一碗。

在冬天，熱騰騰的燒仙草是讓食用者感到溫心的甜點；在夏天，一碗冰涼的仙草凍，能將五臟六腑的悶熱血氣都清除得一乾二淨，堪稱解暑良方。

燒仙草以臺灣苗栗縣九華山的仙草乾最出名。幾十年前的人們吃仙草，主要是

豆花和芋圓。

把它切成小方塊，再簡單地加上糖水和碎冰。雖然也有熱飲，但還是凍吃為妙。關於其起源，據說跟苗栗的客家人有關。苗栗地區大部分居住的是客家人，他們幾百年前來自廣東，而燒仙草的做法也出自廣東的涼粉，在此之前臺灣沒有燒仙草這種東西。作為臺灣的著名小吃，燒仙草明顯有點反客為主的意味，但臺灣人卻不以為意。

舌尖上的淡水老街

淡水因毗鄰海洋，居民多以航海、漁業為生，因而當地的海產類美食也較豐富多樣。如今的淡水老街經過改造煥然一新，成為人頭攢動的旅遊景點，那些在老舊時代發明、創造的平民食物，也得以推廣、傳播，成為特產，吸引著更多人的味蕾。

1.魚丸

在大陸的小吃攤上、關東煮店面，各式各樣的魚丸子、魚豆腐、蟹肉棒大受歡迎，但它們都是摻雜了麵粉和味精「喬裝打扮」而成的假魚丸。在臺灣的大街小巷賣的魚丸也是如此。不過，在盛產海產品的淡水、高雄、野柳一帶，你可以隨處找到賣正宗、不加防腐劑和添加劑的正宗魚丸。

魚丸並非臺灣獨有，它是連同福州、閩南、廣州、臺灣、江西一帶經常烹製的漢族名點，屬粵菜、閩菜系，古時稱「汆魚丸」。其分為包心魚丸和實心魚丸兩種，而包心魚丸更有特色。因為魚丸的味道鮮美、多吃不膩，是沿海居民不可缺少的海味佳餚。

臺灣的魚丸種類很多，其中口感較脆的作法又稱為「脆丸」。臺灣虱目魚丸、淡水鯊魚丸、南方澳鬼頭刀魚丸、高雄旗魚丸是臺灣四大代表性魚丸。在淡水老街坐下，和同行的交換生一人點一碗，老闆娘端上熱氣騰騰的魚丸，抿上一小口魚湯，覺得新鮮可口，旅遊的疲憊感頓時消去大半。魚丸色澤潔白，玲瓏晶亮，滑潤清脆，富有彈性，具有獨特的海鮮風味。

2. 阿給

阿給是朋友口中所說「淡水最有名的傳統小吃」。「阿給」，是日文「油豆腐」（油揚げ）發音的直接音譯。大概做法是將一個四方形的油豆腐，挖去中間的豆腐，填滿順滑可口的粉絲，再以魚漿封口，加以蒸熟，吃的時候再塗上一層甜辣醬、海鮮醬等。

阿給是一九六五年由楊鄭錦文女士所發明的食物，創始店位於淡水區的真理街。這起初的發明是為了不想浪費賣剩的食材而想出的特殊料理。他們所用的油豆腐是向淡水的某製造商所購買，裡面的粉絲放的是浸過的肉燥冬粉，再用紅蘿蔔絲跟魚漿封住口，之後再蒸熟，最後再澆上一層由楊樹根先生（楊鄭錦文之夫）所特製的醬料，這就是最原始的阿給。

3.鐵蛋

黑黝黝的外表、聞著一股醬油味兒的阿婆鐵蛋，是淡水的另一大特色美食。別看它外表那麼「灰頭土臉」令人引不起食慾的樣子，在淡水老

魚丸和阿給。

街，賣鐵蛋的攤子前總是排著長長的隊伍，還有旅客拎著打包的好幾袋預備帶回去給親朋好友品嘗呢！

這鐵蛋讓我不禁想起我們揚州高郵那塊盛產的「卞蛋」——將鴨蛋發酵成蛋白深黑色、蛋黃深藍色的模樣，聞著還有一股嗆人的變質味道！這是被外國人評為看著最難以下嚥的中國食物之一。可是我們當地人卻吃得津津有味，沾著醋，搭著小酒，果真是絕妙的下酒菜！而淡水的阿婆鐵蛋，就像卞蛋一樣，看起來令人生畏，吃起來卻香，讓人回味不絕。

按斤賣的鐵蛋。

關於阿婆鐵蛋的起源，有這麼一種民間說法：經營多年早餐店兼賣滷蛋的楊碧雲女士，發現滷得愈久的滷蛋會更好吃，但外表的顏色會變得較黑而且蛋體也會縮小，客人從外表來看就不太喜歡。楊女士就向熟客介紹，聽阿婆（指自己）的總沒錯，滷得愈久的滷蛋會更有嚼勁又更香。人們漸漸愛上這一食物，以討海為生的熟客來捧場時總說：「阿婆，我要吃鐵蛋！」漸漸的，淡水一帶的人都習慣稱為之為「阿婆鐵蛋」了。

4.麻糬

臺灣麻糬，用三個字概括其食味，即「軟、糯、甜」。

麻糬在大陸、臺灣、日本、新加坡均是流行食物，但在各地有各自特色。我在揚州時常吃到的麻糬，是外表接近圓形、內部包有餡料的糯米制點心；而在淡水吃到的當地特色麻糬，則是扁平的一大塊純白糯米漿糊，周圍撒上紅豆、芝麻、薏仁，而形成不同的口味。

紅豆和芝麻口味的麻糬。

在臺灣南部地區，人們習慣在中秋節吃麻糬，其重要性和月餅及柚子一樣高。除了淡水老街的麻糬，臺灣人公認，客家人做麻糬也十分地道；另因花蓮利用當地好山好水生產的米製作麻糬，其口味也非常好吃，口味也比較多變化。

後記

「唱出你的熱情，
伸出你雙手，
讓我擁抱著你的夢，
讓我擁有你真心的面孔。」

此時，凌晨時分，耳機裡放的是上世紀九〇年代臺灣群星合唱的公益歌曲《明天會更好》。本書正文在這一年多來已經修改了無數次，此刻終於進入了尾聲，非常捨不得。

臺灣，愛你太多。這本書中，我寫了很多有關臺灣文化、地理、歷史的事物，有的並不太瞭解，於是求諸各位臺灣好友。他們都傾盡所能地查資料、找文件為我解答，讓我十分感動。所以說，這本書在一定意義上，是我和海峽對岸的他們一起完成的。

之前在網上寫過一些關於臺灣的文章，沒想到，網友的觀點是偏激化的。「你把臺灣寫那麼好，太片面了吧！」這是絕大多數人的看法。為何臺灣明明民主，你卻說它只是「形式上的民主」？為何臺灣人明明熱心，你卻說他們只是「偽善」？為何臺灣景色多嬌，你卻說「這些大陸都有的風景臺灣不足道」？……我們很多的大陸人，總是太帶主觀色彩看問題。

在此，我很認真地說，在與臺灣相處的一百四十天裡，我看到的臺灣風景，是美麗的；我認識的臺灣人，是真誠的；我經歷的事情，是獨特的。

每一片土地都不是百分之百的完美無缺，臺灣亦然。臺灣也有它的不足和缺點，但是這並非這本書的著重點。我認為，我既然作為教育系的交換生來臺，最重要的是要學到臺灣的長處：臺灣在哪些方面是比大陸好的，哪些是需要大陸取之加以學習的。我知道，只有抱著開放和欣賞的態度看待臺灣，自己才能在學業、觀念、交友等各方面有收穫。

臺灣，多少厚重的中國文化在此沉澱。故宮館藏、文人故居、作家講座、文雅書店，將這片土地洗刷浮躁、留得內涵。

在這裡遇到的臺灣人，儒雅謙遜，有禮有節，書寫閱讀正體漢字、說話吐字柔聲細語，讓我自然地聯想到民國時期的大師、學者、才子、佳人。

碧海藍天，青山紅葉，這裡的景繽紛多彩。雖然幾十年前自然環境污染破壞甚重，但它如今在民眾的努力下，恢復純淨的面容。我只在乎眼下的臺灣，也信它會越來越美。

感謝時代，開放了海峽兩岸的文化交流，讓我能以交換生的身分遇見臺灣。感謝臺灣，這是片多元文化交融的土地，使我結識了這些有不同思想、信仰、性格的人們。感謝可愛的人們，我們曾一起走過，但同時更加希望，我們共同的明天會更好。

鄒雨青

二〇一六年三月二十七　於西安

Do觀點46　PF0194

原來是醬紫：
陸生眼中的臺灣大不同

作　　者／鄒雨青
責任編輯／杜國維
圖文排版／楊家齊
封面設計／蔡瑋筠

出版策劃／獨立作家
發 行 人／宋政坤
法律顧問／毛國樑　律師
製作發行／秀威資訊科技股份有限公司
地址：114 台北市內湖區瑞光路76巷65號1樓
電話：+886-2-2796-3638　傳真：+886-2-2796-1377
服務信箱：service@showwe.com.tw
展售門市／國家書店【松江門市】
地址：104 台北市中山區松江路209號1樓
電話：+886-2-2518-0207　傳真：+886-2-2518-0778
網路訂購／秀威網路書店：https://store.showwe.tw
國家網路書店：https://www.govbooks.com.tw

出版日期／2016年9月　BOD一版　**定價**／280元

|獨立|作家|
Independent Author

寫自己的故事，唱自己的歌

原來是醬紫：陸生眼中的臺灣大不同 / 鄒雨青著. -- 一版. -- 臺北市：獨立作家, 2016.09
面； 公分. -- (Do觀點；46)
BOD版
ISBN 978-986-93402-6-7(平裝)

855 105015955

國家圖書館出版品預行編目

讀者回函卡

感謝您購買本書，為提升服務品質，請填妥以下資料，將讀者回函卡直接寄回或傳真本公司，收到您的寶貴意見後，我們會收藏記錄及檢討，謝謝！如您需要了解本公司最新出版書目、購書優惠或企劃活動，歡迎您上網查詢或下載相關資料：http:// www.showwe.com.tw

您購買的書名：______________________________

出生日期：________年________月________日

學歷：□高中(含)以下　□大專　□研究所(含)以上

職業：□製造業　□金融業　□資訊業　□軍警　□傳播業　□自由業

□服務業　□公務員　□教職　□學生　□家管　□其它_____

購書地點：□網路書店　□實體書店　□書展　□郵購　□贈閱　□其他

您從何得知本書的消息？

□網路書店　□實體書店　□網路搜尋　□電子報　□書訊　□雜誌

□傳播媒體　□親友推薦　□網站推薦　□部落格　□其他__________

您對本書的評價：（請填代號　1.非常滿意　2.滿意　3.尚可　4.再改進）

封面設計____　版面編排____　內容____　文／譯筆____　價格____

讀完書後您覺得：

□很有收穫　□有收穫　□收穫不多　□沒收穫

對我們的建議：______________________________

____

____

____

請貼
郵票

11466
台北市內湖區瑞光路 76 巷 65 號 1 樓
獨立作家讀者服務部 收

（請沿線對折寄回，謝謝！）

姓　　名：＿＿＿＿＿＿＿＿　年齡：＿＿＿＿　性別：□女　□男

郵遞區號：□□□□□

地　　址：＿＿＿＿＿＿＿＿＿＿＿＿＿＿＿＿＿＿＿＿

聯絡電話：(日) ＿＿＿＿＿＿＿＿＿＿ (夜) ＿＿＿＿＿＿＿＿＿＿

E-mail：＿＿＿＿＿＿＿＿＿＿＿＿＿＿＿＿＿＿＿＿